Erwin Uhrmann
Zeitalter ohne Bedürfnisse. Roman

Silvia findet ein Kind, nennt es Darko und erhält es am Leben. In der namenlosen Stadt in einer unbestimmten Zeit ist das eine besondere Herausforderung: Anhaltende Stürme zwingen unter die Erde, eine staatliche oder wirtschaftliche Ordnung gibt es nicht, auch kaum Kinder; die Menschen reparieren, was sie haben, und sie brauchen ab einem gewissen Alter nicht mehr zu essen – mit dem „Ausgleich" ist die Nahrungsaufnahme beendet.

Was bedeuten diese Rahmenbedingungen für das Zusammenleben? Wie gestalten Menschen mit ihrem unausweichlichen Hang zur Zerstörung wie zum Guten unter solchen Umständen ihr Dasein?

Erwin Uhrmann entwirft in seinem unnachahmlichen, ebenso nüchternen wie unter die Haut gehenden Stil eine Dystopie, nein: eine Utopie, nein: eine Alternativweltgeschichte um Silvia, Darko, Etel, Zofia, Rox und die Frage nach dem Sinn all dessen.

Erwin Uhrmann (geboren 1978) lebt und arbeitet in Wien. Von ihm erschienen bisher die Romane *Der lange Nachkrieg* (2010), *Ich bin die Zukunft* (2014) und *Toko* (2019), die Erzählung *Glauber Rocha* (2011), die Lyrikbände *Nocturnes* (2012) und *Abglanz Rakete Nebel* (2016) sowie der Musik-Lyrikband *K.O.P.F.- Kartografisch Orientierte Passagen Fragmente* (2021, gemeinsam mit Karlheinz Essl). Er ist Herausgeber der Reihe Limbus Lyrik und arbeitet als Redakteur für das *Spectrum* der Tageszeitung *Die Presse*. Gemeinsam mit Johanna Uhrmann schreibt er Reisebücher. www.erwinuhrmann.com

Erwin Uhrmann

Zeitalter ohne Bedürfnisse

Roman

Limbus Verlag

Gedruckt mit freundlicher Unterstützung von
Stadt Wien und Land Niederösterreich

Bibliografische Information der Deutschen Nationalbibliothek: Die Deutsche Nationalbibliothek verzeichnet
diese Publikation in der Deutschen Nationalbibliografie;
detaillierte bibliografische Daten sind im Internet über
http://dnb.dnb.de abrufbar.

Lektorat: Merle Rüdisser
Illustrationen und Einbandgestaltung: © Johanna Uhrmann
Druck: Finidr, s.r.o.

ISBN 978-3-99039-247-8
www.limbusverlag.at

Die Zukunft war immer da, und desgleichen die Vergangenheit. Das Leben glich diesem Fluß in der Finsternis, und das Schicksal bestand darin, an seinem Ufer entlangzugehen. Man hielt eine Fackel in der Hand, und wo der Lichtschein hinfiel, war Gegenwart.

Hannelore Valencak
Das Fenster zum Sommer

Denn wir sind wie Baumstämme im Schnee. Scheinbar liegen sie glatt auf, und mit kleinem Anstoß sollte man sie wegschieben können. Nein, das kann man nicht, denn sie sind fest mit dem Boden verbunden. Aber sieh, sogar das ist nur scheinbar.

Franz Kafka
Die Bäume

Erstes Kapitel
In dem eine Kerze herunterbrennt

„Du musst", flüsterte Silvia, „die Kerzen auslöschen, bevor du schlafen gehst, hörst du? Das darfst du nie, einfach nie vergessen, Sohn." Immer noch war *Sohn* ein unhandliches Wort, das sich in die Länge zog, vor allem, wenn sie ihn nicht sah in der Dunkelheit.

„Lass mich", bekam sie als Antwort. Darko atmete in schnellen Zügen, wie ein kleines Tier. Drehte sich vom Rücken zur Seite, blinzelte, spürte am Bettende etwas Kaltes und zog die Beine an.

Silvia rieb sich die Augen, ließ eine Hand aus dem Bett fallen, suchte nach ihren Schuhen. „Wir haben eine ganze dicke Kerze verschwendet!"

Er schwieg.

Als sie die Füße auf den Boden drückte, spürte sie den Luftzug. Sie nahm die heruntergebrannte Kerze und ging in die Knie. Je näher sie dem Boden kam, desto mehr züngelte die Flamme.

Der Ton war wieder da, so deutlich, hatte man ihn einmal im Ohr, war er nicht mehr zu ignorieren. Ein hoher, schwingender Ton, der durch die Flure herunter wanderte, bis in ihre Wohnung. „Noch tiefer", sagte Silvia und schaute in die Luft, „noch tiefer hinunter müssen wir." Ein zweiter Ton mischte sich dazu, ein dritter, als spiele jemand mitten in der Nacht ein Instrument, ein vierter. „He, hörst du", sagte Silvia. „Hörst du sie?"

Darko rührte sich im Bett. Er streckte die Beine, die wie zwei Bretter aus der Decke lugten, atmete laut durch den Mund, drehte sich. „Ja", murmelte er, „die Töne", und verfiel in schweres Schnaufen. Er mochte diesen Singsang, hörte Melodien heraus, summte mit. Als er noch kleiner war, hatte er sich einen Stuhl auf den Gang gestellt und von Silvia verlangt, absolut still zu bleiben.

„He", sagte Silvia, „he", sie rüttelte ihn; wie angespannt seine Schultern waren. „He, Darko, die Musik, deine Musik." Er rührte sich nicht mehr.

Wie er nur so gut schlafen konnte in diesen singenden Nächten. Sie hasste dieses Geräusch. Weil Darko nicht wachzukriegen war, bemühte sie sich, an etwas anderes zu denken. Grübelnd lag sie da und konzentrierte sich auf den Steuerraum im Elektrizitätswerk. Ein öliger, muffiger, holzvertäfelter Raum, der stillste, den sie kannte. Nur die Hebel, die sie betätigte, die Knöpfe, die sie drückte, knarzten und knackten ein wenig. Es war guter Lärm, der anderswo Licht machte. Seit Darko allein bleiben konnte, nahm sie manchmal die Nachtschicht, um Zeit für sich zu haben.

Knurrte etwa sein Magen? Wie viel er nur essen konnte – und wurde nicht satt. Wie viel diese Kinder nur aßen vor dem Ausgleich. Oder schnarchte er? Silvia versuchte, sich auf ihn zu konzentrieren, doch sie hörte die Töne immer lauter, die Töne, die der Wind draußen spielte.

Sie musste noch mehr Vorräte anlegen und eine zweite Möglichkeit auftun, um an Nahrung zu kommen. Jetzt, in der kälteren Zeit, in der die Höfe geschlossen waren und kaum etwas wuchs, konnte sie wieder mit dem Durchfragen beginnen. Diejenigen, deren Kinder gerade in den Ausgleich gekommen waren, wollten ihre Vorräte schnell loswerden, bevor die Ratten angelockt wurden. In den Zeiten des kalten Windes hatte sie damit immer Glück gehabt. Welche Familien unten am Schwarzbach und in den nahen Wäldern in Frage kamen, hatte sie sich beim Arbeiten auf den Feldern gut eingeprägt. Sie war sofort hellhörig geworden, wenn eine Feldkollegin vom Mordshunger ihres Kindes berichtet hatte. „Sie beißt mir noch in die Hand", hatte eine Mutter gesagt, „ich kann sie gar nicht anschauen. Das macht mir Angst." Dort würde sie anfangen. Ach, vermutlich war es schon zu spät. Andererseits, vielleicht konnte sie Darko diese Phase ersparen, wenn sie ihn nur jetzt schon kräftig anfütterte.

Der Docht knackte und die Kerze begann zu flackern. Silvia nahm zur Sicherheit eine weitere aus der Lade. Auch die Kerzen gingen zur Neige. Gut, anfüttern, das würde sie in nächster Zeit tun, mit Vehemenz anfüttern, das war ein Plan. Vorräte zusammenraffen und Darko zu essen geben, wann und so viel er wollte, und wenn er nicht wollte, dann mit Lieblingsessen ködern. Dazu musste sie den Vorratsraum bis zur Decke füllen. Sie sagte im Kopf die Namen der Leute auf, die sie abklappern wollte.

Zweites Kapitel
In dem die Sonne die Menschen aus den Häusern lockt

Je nachdem, wo man wohnte – ob in den Horizonten unter der Erde, wo es still und dunkel war, oder in den undichten oberirdischen Stockwerken, wo schneidende Luftzüge und ständiges Klappern einen drangsalierten –, vergaß man den Wind. Die Oberirdischen waren die Ersten, die einen Wetterumschwung bemerkten. Die Sonne zwängte sich dann durch jede Ritze in ihre staubige Welt. Sie waren die Ersten, die sich auf den Platz vor den Häusern drängten und, nachdem sie die dunklen, mit Holzbrettern verschlagenen Gänge verlassen hatten, ein paar Minuten lang nichts anderes sahen als gleißendes Licht. An diesem Maitag war das nicht anders. Einigen war die Ruhe gleich aufgefallen. Über der Stadt standen dichte Wolken, die sich langsam zerfledderten und einem blauen Himmel wichen. Es sprach sich in Gängen, Aufenthaltsräumen und Wohneinheiten herum, es schrie und klopfte sich herum. Beim Ankleiden schlug man Fäuste gegen Wände; wer auf dem Weg nach draußen war, klopfte an Türen, egal ob sie geschlossen oder einen Spalt weit offen waren. Die wenigsten Türen waren geölt, die meisten hatten auch kein Schloss. Knarzen, Krachen, Staubnester flogen, das Trampeln ständig mehr werdender Füße übertönte das Murmeln und Einander-Zurufen. Je mehr Menschen dazustießen, desto langsamer wurde die Herde. Bald war das Trampeln lauter als die Klopfsignale, es drang durch die Wände bis ganz hinunter, sodass die Untersten es fühlen konnten. Die Schnellen drängelten sich an den Wänden an den Langsamen vorbei, rempelten, wenn es zu eng wurde, traten auf Füße, die im Weg waren.

Etel, eine betagte Frau mit langem, rötlich-weißem Haar, das im Tumult in alle Richtungen flog, und ihre Schwester Ida waren im Laufschritt unterwegs. Um einander nicht zu verlieren, hielten sich die beiden Frauen an den Händen. Etel durfte man trotz ihres Alters nicht unterschätzen. Sie hatte den schärfsten Verstand im Haus und schon unzählige Maitage wie diesen, von denen es früher viel öfter einen gegeben hatte, erlebt. Sie kannte die Aufregung, der sie sich selbst nicht entziehen wollte. Ein altes Paar mit patschenden Schritten konnte mit dem Tempo der Menge nicht mithalten. Etel fragte, ob sie Hilfe bräuchten, bekam aber keine Antwort. Sie räusperte sich, spuckte einen Batzen gegen die Wand und schrie noch einmal ihre Frage in die Richtung der Alten. Links und rechts drängten sich Hausbewohner vorbei.

„Kommt hierher, hier zur Wand!", schrie Etel. Der Mann machte lange, unbeholfene Schritte, wie ein Storch, ein maroder Storch; die Frau humpelte, zog das linke Bein nach. Beider Blicke waren zu Boden gerichtet, ihre Gesichter lang, weiße, gepunktete Stirnen, spröde Lippen, von denen die Haut in Fetzen abstand. Etel blieb stehen, versuchte die beiden zur Wand zu ziehen. „Ist gut", sagte sie, „jetzt macht eine Pause. Wir gehen gemeinsam, wenn die anderen draußen sind." Immer noch keine Reaktion, nur die langen, storchenartigen Schritte. Etel kam vor, der Mann nicke ständig, bejahe jeden seiner Schritte. Es gelang ihr nicht, mit einem der beiden Blickkontakt herzustellen. Langsam dünnte die Menge aus. Von hinten drängte sich jemand zwischen das Paar. „Halt, halt", rief Etel, wischte sich ihr rot-weißes Haar aus dem Gesicht.

Es war ein hochgewachsener Mann in einem Kittel. Er blieb stehen und versuchte, die beiden Alten in Richtung Wand zu schubsen. Etel krächzte ihn an, dann erkannte sie, dass er die Arme der Frau nahm und um seine Schultern legte, dann die Arme des Mannes. Den Kittel kannte Etel, er stammte aus dem Kloster am Stadtrand. Die alte Frau hob den Kopf, um ihren Helfer anzusehen, stolperte über ihr Nachthemd und fiel. Der Mann machte sich groß wie ein Bär auf den Hinterbeinen, drehte sich um und brüllte: „Halt jetzt!" Die Herde stand für einen Augenblick; die Gesichter, die gerade noch zu Boden gerichtet waren, um im Gewirr der Beine nicht zu stolpern, fuhren in die Höhe. „Langsam, langsam", zischte er die beiden Alten an, seine Stimme vibrierte, „ganz langsam jetzt." Die Alten schienen trotz ihrer Apathie zu hören, was er sagte; der Mann machte einen letzten Storchenschritt, dann ließ er ebenso wie die Frau seinen Körper an die Wand sacken. Auf dem kalten Bretterboden sitzend schüttelte die Frau den Kopf und der Helfer fasste an ihre Stirn, wischte mit der flachen Hand darüber. Etel postierte sich vor den hilflosen Beinen, damit niemand darauftrampelte. Die Haut der Frau war weich und aufgequollen, an den Armen durchgraben von Falten, die wie Risse aussahen, aber nicht offen; das Fleisch schimmerte durch. Daneben saß der Mann, seine Beine schienen im Verhältnis zum Oberkörper unnatürlich lang. Er musste einmal groß gewesen sein, mindestens so groß wie der Helfer. Die letzten Vorbeiziehenden quittierten die Szene am Rand mit Blicken und Murmeln. Der alte Mann sank an der Mauer zusammen, lag am Boden, sein Atem ging leise und pfeifend; seine Augen waren so klein und weit in die Höhlen gesunken, dass Etel erschrak. Das hatte sie bisher nur einmal gesehen, als ihre Tante, in deren Wohnung sie und Ida lebten, gestorben war. Doch ein lebendiger Mensch mit so mauskleinen, in die Höhlen gefallenen Augen?

Etel löste sich von der Hand ihrer Schwester, die weitergehen wollte, den anderen nach. Sie überlegte, wer dieses Paar sein konnte. Kurz nach ihr hatte eine Familie in eine der leerstehenden Wohnungen einziehen wollen. Zwei Kinder, eine denkbar schlechte Situation. In der Hausversammlung hatte sie zunächst dagegen gestimmt, wie alle. Dann wurden gleich mehrere Wohnungen frei, standen leer, und als die Familie es ein weiteres Mal versuchte, votierte Etel dafür, nur wurde sie überstimmt. Die alte Frau kam ihr bekannt vor, viel war allerdings nicht in ihren Gesichtszügen erkennbar. Die Familie war damals ständig am Kerzenmarkt umhergezogen, hatte einmal da und einmal dort am Gang oder in den Kellern übernachtet, bis sie rausgeworfen wurde. Etel beobachtete, wie der Helfer auf die beiden einredete, sie immer wieder anpackte und herumschob.

„Brauchst du Hilfe?", fragte Etel.

Der Helfer sah zu ihr auf. „Ich weiß nicht, ob die beiden es hinausschaffen", sagte er, „und zurück wird es auch nicht einfach."

Etel ging ein Stück näher. Die alte Frau griff den Arm des Helfers, krallte sich an ihn. Etel bückte sich zu ihr. „Wohnt ihr hier im Haus? Ich kenne euch nicht", dann an den Helfer gewandt: „Wohin zurück? Wo wohnen die beiden?"

„Sie sind vom Haus, von hier."

Etel nickte. „Wollt ihr in eure Wohnung zurück?", krächzte sie, so laut sie konnte. „Wohin wollt ihr?"

Die alte Frau schüttelte den Kopf.

„Dann gehen wir langsam", sagte Etel, „ganz langsam hinaus. Der Maitag, oder?"

Die Frau wimmerte leise ein paar Worte, die weder Etel noch der Helfer verstanden.

„Ist gut", sagte der Helfer, und zu Etel: „Wir gehen jetzt mit ihnen auf den Platz hinaus. Ganz langsam."

Zum ersten Mal reagierten die beiden, sahen den Helfer an mit einer Art Lächeln. Die ersten Schritte waren mühselig, als würde man über rutschige Steine gleiten, dann hoben sie die Köpfe und schauten zum Haustor, durch das Sonnenlicht hereinflutete. Der Mann versuchte wieder seinen Storchenschritt. „Sachte bitte, sachte", rief ungeduldig der Helfer, der beide unter den Achseln gefasst hatte, „ganz sachte." Die Frau flüsterte etwas.

War das Polnisch? Etel fiel es plötzlich ein: Das mussten die beiden von der Olsa sein, die vor Zeiten hergezogen waren, um in der Kleidermanufaktur zu arbeiten. Als die Fabrik zusperrte, versuchten sie es an anderer Stelle. Sie hatten kein Erbrecht in der Gegend und verloren auf Beschluss der Versammlung ihre Wohnung. Etel erinnerte sich an die Szene, als die Frau – sie hieß

Milena oder Malena – darum gebeten hatte, man möge ihnen wenigstens eine der unverputzten Buden in den oberen Stockwerken oder in den Türmchen zuweisen, nur als Übergang. Jeder im Haus wusste, dass es dort genug freie Räume gab, in die sich manchmal jüngere Bewohner zurückzogen, um sich nach ein paar harten Windschlägen doch in die dunklen Ecken weiter unten davonzustehlen. Dem Paar von der Olsa hatte man keinen Raum zugestanden, ihnen geraten, es wäre besser, anderswo Arbeit zu finden. Eine Zeitlang waren sie bei Hausbewohnern untergekommen, bis man nichts mehr von ihnen hörte. Etel hielt sich entsetzt die Hand vor den Mund. Das mussten die beiden sein. Wo hatten sie all die Zeiten gehaust? Doch nicht am Dachboden, wo der Wind einem die Trommelfelle zerriss? Etel blieb stehen und beäugte die beiden, wie sie sich auf die Sonnenstrahlen zubewegten.

In den Horizonten, die tiefer unter der Erde lagen, war der Lärm als gedämpftes, stetiges Pochen zu hören; auch von hier setzten sich die Menschen in Bewegung. Darko schlief tief und fest, der Lärm ließ ihn unberührt. Silvias Versuche, ihn wachzurütteln, fanden Eingang in seine Träume, dort sprangen zwanzig, fünfzig, hundert Ratten im Kollektorgang von Rohr zu Rohr und die Rohre rüttelten in ihren Schellen. Erst als ihm von den unzähligen Ratten der Ekel kam, öffnete er die Augen und sah Silvias Gesicht – viel zu nah an seinem. Kaum dass er in seine Hose geschlüpft war, schleifte sie ihn ohne viel zu reden hinter sich her. Der Staub hatte sich schon gelegt, als sie die Stockwerke hochrannten. Nach der zweiten

Etage war Darko endlich wach und überholte Silvia, die ins Keuchen gekommen war. Als sie oben ankamen, war alles leer; die Türen standen offen.

Darko blieb stehen: „Deshalb sind wir so gelaufen?"

Silvia gab keine Antwort. Sie wankte keuchend auf das Tor zu, durch das das helle Sonnenlicht hereinbrach. Darko trottete hinter ihr her. Tage wie dieser hatten für Silvia eine besondere Bedeutung, nicht nur wegen des Wetters, sondern wegen Darko. Er versuchte sein Lächeln vor ihr zu verbergen.

Die Luft stand in der warmen Sonne. Niemand beachtete die Risse in den Häusern, die sich immer tiefer in die Mauern hineinfraßen, die vom Windruß geschliffenen, geschwärzten Stellen an den Hausecken, Fensterfiguren und Fassadenornamenten. Die Welt erschien in matten Farben, ausgeblichen und deutlich, mit dem Schleier der Sonne, sodass jedes Staubkorn in der Luft glitzerte.

Die Bewohner der umliegenden Häuser standen in Gruppen beisammen. Die von der jeweils anderen Seite hatte man lange nicht gesehen, man schüttelte einander die Hände. Nicht nur auf dem gepflasterten Platz mit dem Brunnen in der Mitte sammelten sich die Menschen, sondern auch in den Fensternischen. Staub, Dreck und Sand rieselten von Fassaden, wenn unter lautem Knarren ein Fensterflügel aufging. Es roch nach Gras, feucht und grün. In den Ritzen zwischen den Pflastersteinen trieben zwischen abgestorbenen Gräsern windgegerbte Pflänzchen neu aus. Und die meisten Menschen waren dreckig, hatten fahle Gesichter, rochen nach Haut und Pilzen.

16

Darko rutschte am Brunnenabsatz ein Stück zur Seite, um einem alten Paar, das vor ihm torkelte, Platz zu machen. Ein Riese, dachte Darko und starrte den Mann an, der die beiden fest um die Hüften hielt. Trug er wirklich zwei Menschen?

Am Brunnenrand ließen sich die Alten wie schwere Säcke fallen, rutschten auf dem kalten Stein herum und streckten ihre Köpfe in die Sonne wie zwei Schildkröten. Der Kopf des starken Mannes ragte im Sitzen über das Brunnenbecken, Darko konnte den Blick nicht von den dreien abwenden, die jetzt alle ihre Beine ausstreckten wie er.

Es dauerte eine ganze Weile, bis ein Geräusch aus dem Nichts kam; es traf die Umstehenden wie der Blitz. Darko erschrak und griff nach dem nächsten Nachbarn, der gleich die Hand zurückzog. Nur das alte Paar blieb reglos sitzen. Der Helfer, der ebenso erschrocken war über das Glockengeläut der nahen St.-Peter-und-Paul-Kathedrale, fasste an die Schultern des Alten. Sie schienen steif, wie gefroren. Der Helfer sprang auf und inspizierte die beiden, die an den Schultern aneinandergelehnt dasaßen wie das Fundament eines Kartenhauses; er nahm die Hand der Frau, die, kaum hatte er sie ausgelassen, schwer hinabfiel. „Hilfe", rief er, „ich brauche hier Hilfe!"

Keiner drehte sich um, alle waren aufgesprungen und gingen nun Richtung Kathedrale. Auch Darko war mit dem ersten Glockenschlag auf den Beinen. Silvia war bestimmt schon vorausgegangen, zum Kardinal. Darko spürte, dass endlich die Gelegenheit gekommen war, etwas zu probieren, das ihn immer schon gereizt hatte, endlich dorthin zu gehen, wovor er immer

gewarnt worden war. Wer sollte ihn abhalten? Noch
zögerte er. Nicht weil er Angst vor Silvias Zurechtweisung hatte oder weil er sich vor dem Ort fürchtete. Das
Schauspiel, das sich ihm bot, war eigenartig, traurig und
faszinierend. Er konnte nicht anders, als zu beobachten,
was da vor sich ging; er musste die drei anstarren, als wären sie eine Attraktion in einem Wanderzirkus.

Drittes Kapitel
In dem Silvia allein den Kardinal besucht

Die windstillen Tage waren selten geworden. Ihretwegen reichte alle heiligen und unheiligen Zeiten einmal ein Maitag. Von Darko aber wusste sie, dass er sie heiß ersehnte, nein, zum Überleben brauchte. Früher hatte er beim kleinsten Anzeichen von Windstille hochgehen und die Tür kontrollieren wollen. In den meisten Fällen war das umsonst, die Windstille spielte sich in seiner Fantasie ab. Sie machte trotzdem mit, das hatte sie gelernt. Wenn er sie an der Hand nahm, schrie „Maitag, Silvia!", dann musste sie mitgehen. Je älter er wurde, desto häufiger war es umgekehrt, dass sie ihn zusammenpackte, wenn das große Getrampel in den Gängen einsetzte. Von Anfang an aber hatten sie ein Ritual, das jedes Mal, an jedem Maitag, nahezu gleich ablief: Sie gingen den Hügel zur Kathedrale hoch. Dort warteten sie, bis sie allein waren, und bogen beim Portal zur Westseite hin ab, zu einer Nische im Hauptschiff, in der ein Sarkophag stand, ein Grabmal für einen vor ewigen Zeiten verstorbenen Mann. Seine steinerne Kardinalsmütze lag wie eine Krone auf dem Sarkophag, darunter ein Buch, aus dem steinerne Hände hervorgriffen. Als Darko noch nicht selbst hinaufklettern konnte, hob Silvia ihn auf den Deckel, wo er mit seinen kurzen Beinen herumturnte, um im nächsten Moment zu springen, ohne Rücksicht darauf, wo er landete. Das ging lange gut, doch irgendwann war Silvia das Kind zu schwer, und nicht selten stolperte sie mit ihm ein paar Schritte rückwärts und landete auf dem Hintern. Als Darko größer wurde, behielten sie das Ritual bei, nur dass jeder selbst auf den Sarkophag kletterte und sie dann beide ein paar Mal heruntersprangen. Wenn sie außer Atem waren, setzten sie sich auf den Deckel und unterhielten sich darüber, was sie tun würden, wenn der Wind sich dauerhaft legte: aufs Hausdach steigen, im Freien schlafen, ein Feuer machen, in Richtung einer anderen Stadt gehen. Silvia wandte hier meist ein, dass es in anderen Städten, wie sie gehört habe, keine solchen Plätze wie den Kerzenmarkt gebe. Die Häuser, sagte sie, seien dichter bevölkert, man habe keine eigene Wohnung oder gar Elektrizität. In Wahrheit waren das alles Gerüchte, aber wer wusste das schon so genau. Darko insistierte, es müsse doch irgendwo größere Wasseransammlungen geben, und die wolle er sich ansehen, vielleicht die Füße hineinstrecken.

„Flüsse ja", sagte Silvia, „aber Seen? Die Wellen sind nichts als gefährlich, wenn der Wind kommt."

„Aber Wind gibt es ja dann nicht mehr." Darko gab ungern nach, wenn es um diese fernen Orte ging.

Einmal erzählte Silvia, sie habe eine gute Freundin gehabt und wüsste gerne, wo sie jetzt sei. Die habe es in den Beinen gejuckt, und trotz Wind sei sie gegangen.

Das merkte sich Darko, von da an beschäftigte auch ihn, wo diese Freundin lebte und wie es dort aussah. Und inständig hoffte er, sie würde einmal zurückkehren, vor ihrer Tür stehen und alles erzählen von ihrer Reise.

Manche nutzten die Windstille, um in der Kathedrale zu beten. Silvia machte sich nichts aus Religion, doch die Kathedrale gefiel ihr wegen ihrer Standhaftigkeit. Gebete waren ausgedachte Geschichten. Wer da glaubte, rief Vorfahren an – vielleicht war ja auch der Kardinal dabei, auf dem sie und Darko es sich so gerne gemütlich machten – und befragte sie, wie es in ihrer Zeit gewesen sei und wann sich die Zeiten wieder ändern würden. Die Veränderung war der innigste Wunsch so mancher Gläubiger. Silvia interessierte am ehesten, wie die Menschen es in der Vergangenheit bewerkstelligt hatten, die vielen Häuser zu bauen, die Dächer zu decken, die Wasserwege zu verlegen, die Uhr am Turm anzubringen und zu betreiben – all das, was da war, glücklicherweise, und den Winden standgehalten hatte. Es gab dazu alle möglichen Theorien, Silvia fand jene der Deckung einleuchtend, denn so, wie die Stadt angelegt war, gab ein Haus dem nächsten Windschatten. Lange noch, weit über ihr eigenes Leben hinaus, würde dieses Prinzip alles aufrechterhalten.

Silvia wartete beim Kardinal. Sie sah der Sonne auf dem Kopfsteinpflaster beim Wandern zu, eine ganze Weile. Darko ließ sich nicht blicken. Er war natürlich alt genug, selbst zu entscheiden, was er mit so einem Tag machen wollte. Wobei, wohl war ihr bei dem Gedanken nicht. Lange hatte sie sich nicht mehr am Sarkophag hochgezogen, es fiel ihr schwer, so schwer, dass sie ein Stechen in der Schulter spürte. Wieso waren ihre Arme so schwach, dass sie nicht mehr auf diesen dummen Sarkophag kam? Darko hatte in letzter Zeit so viel gegessen von den Vorräten, die sie gehamstert hatte. Eine

Unmenge Kinder waren in den Ausgleich gekommen, Silvia hatte bei den meisten dieser Familien abgeräumt, deswegen waren sie nur noch selten zu den Feldern gegangen. Sie hatte wenig gearbeitet, das fiel sofort auf, wenn sie sich anstrengte. Sie probierte es ein weiteres Mal, suchte mit dem linken Fuß Halt an einem Ziergriff. Der Stein war warm von dem bisschen Vormittagssonne, die sich schon über den Zenit hinter die Kirche verabschiedet hatte und inzwischen über dem Marktplatz stand.

Ihr kam der Gedanke, was gewesen wäre, hätte Darko vor jemand anderes Tür gelegt. Wahrscheinlich würde sie mit Etel, Ida und der Hausvorsteherin dann jetzt am Brunnenrand sitzen und tratschen. Ihr hätte das genügt. Sie hatte es geschafft, ihren Verhältnissen zu entfliehen, das Leben zu bekommen, das sie sich gewünscht hatte, in einer sauberen Wohnung am Kerzenmarkt, weit weg von den elenden Singgemeinschaften, den zugigen Durchhäusern, den wackeligen alten Sesseln und Betten, auf denen der Dreck verkrustete. Am Morgen nicht vom Sturmgeklapper geweckt werden, sich mit fließend Wasser das Gesicht waschen, ein paar Stunden im Elektrizitätswerk arbeiten, nach dem Heimkommen im finsteren Gang stehen, aus sicherer Distanz dem Wind hinter dem schweren Eingangstor zuhören, sich Bücher von den Wohlhabenden ausleihen, an freien Nachmittagen mit Etel eine heimliche Tasse Eichelkaffee trinken. Das war alles, und mehr hatte sie nicht gewollt. Es hätte auch so weitergehen können. Zu oft hatte ihre eigene Mutter bemerkt, es wäre ohne Kind einfacher gewesen – was nicht heiße, wie sie betonte, dass sie irgendetwas bereue. Silvia war ihr dankbar für diese Ehrlichkeit. Sie selbst hatte sich weder für Männer noch für Kinder interessiert.

Bisher war sie noch nie ohne Darko beim Sarkophag gewesen. Zum allerersten Mal kam ihr in diesem Moment in den Sinn, ob sich etwas ändern würde, wenn er den Ausgleich erreicht hatte. Ob er dann noch bei ihr bleiben würde, ob er eine eigene Wohnung am Kerzenmarkt oder in der Stadt anstrebte oder überhaupt den Hügel, gar die Stadt verlassen wollte. Aufhalten konnte sie ihn nicht. Mehr noch als dieser bohrende Gedanke überraschte sie, dass sie bisher noch nie darüber nachgedacht hatte. Zum ersten Mal empfand sie den Ausgleich nicht mehr als Erlösung.

Silvia fiel eine Kappe auf; jemand musste hier schon vorbeigekommen sein an diesem Maitag. Oder der Wind hatte sie hierhergeweht. Vielleicht stammte sie von einem anderen Kind, das flügge geworden war. Darkos Ausgleich, den sie womöglich noch beschleunigt hatte durch ihre Hamstergänge, war nichts mehr, worauf sie sich freute. Alles hatte sich umgedreht, von einem Moment auf den anderen. Wie sie Veränderungen hasste!

Dann wars das mit dem Kardinal, dachte Silvia, ließ sich hinuntergleiten und ging vor zum Portal. Keine Wolke, nur schimmerndes Blau am Himmel. Hin und wieder berührten sie die Ausläufer einer weichen Brise an den Armen. Als gäbe es keine Stürme. Die von den Winden geschliffene Landschaft, schien ihr, reckte sich nach oben, die Grashalme, Blüten und Äste der Bäume standen auf.

Auf dem Platz vor der Kathedrale versammelte sich die Menge und richtete den Blick zum Turm, wo der Wetterwart mit der Reparatur der Messgeräte begonnen hatte. Ein Seil um Schultern und Hüften schaute er aus einem der Gaubenfenster und winkte herunter. Das Sonnenlicht blendete, sodass manche Beobachter niesen mussten.

Silvia streckte den Kopf so hoch in die Luft, dass ihre Muskeln am Hals spannten. Daher also der Schmerz, dachte sie und griff sich an die Schulter. Etwas steckte in ihren Muskeln oder hatte sich verhärtet; blickte sie hinauf, machte sie sich lang, stach es bis hinunter in den Steiß.

Wenn sich oben mehr bewegte, raunte die Menge. Wahrscheinlich, dachte sie, ist Darko stehengeblieben, um dem Wetterwart zuzusehen, und dann weitergezogen. Sie hatte dieses Spektakel noch nie interessiert. Ihre Angst vor Höhen; sie konnte dem Kletterer nicht zusehen beim Zurechtbiegen von Wetterhähnen und dem Einbohren neuer Halterungen am Kirchturm. Früher hatte sie Darko abgelenkt, damit er gar nie auf die Idee käme, einmal selbst hochklettern zu wollen, um dem Wetterwart zu helfen bei seinem waghalsigen Akt, der zwar notwendig, aber gefährlich war. Sie ging ein Stück weiter an der Seite der Kathedrale entlang, bis sie in der Sonne stand. Am ersten Tag, als sie auf den Feldern gearbeitet hatte, war das Wetter genauso gewesen. Sie wusste noch, dass sie die Sonne damals heiß am Rücken gespürt hatte.

Die Frau, die hinter ihr über die Pflastersteine hüpfte, sah und hörte Silvia nicht. Auch nicht, als diese schon einen Meter hinter ihr stand, sich offensichtlich über die Begegnung freuend, und mit einem verdrückten Lächeln ihren Namen aussprach: „Silvia, Silvia, ich hab dich überall gesucht!"

Viertes Kapitel
In dem klar wird, warum der Kerzenmarkt
das Zentrum der Welt ist

Das überfallsartige Geständnis an einem Wintertag:
Ihr Vater sei über die Gleise auf und davon, ganz allein.
Die Mutter bitter und mit finsterer Miene. Silvia war
davon überzeugt, dass auch sie sich gern aus dem Staub
gemacht hätte, das Kind im Bauch aber wäre überall-
hin mitgekommen. Das schmutzige Haus war die erste
Kindheitserinnerung. Ein paar Windzeiten lang lebten
sie in dieser Ruine am Stadtrand, durch deren löchrige
Wände der Wind pfiff. Ihre Notdurft verrichtete Silvia
auf dem Dachboden in einen Kübel, den sie selbst durch
ein Loch ausleerte, was vor ihr schon unzählige Kinder
getan hatten. In der Feuchte und Kälte, im Dreck plag-
te sie täglich der Gedanke, ihre Mutter könne nicht für
sie sorgen. Wenn sie sich daran erinnerte, sah sie sich in
einem dunklen Verschlag sitzen, im Geruch von fauli-
gem Gemüse und Ziegelstaub, der das Nasensekret rot
färbte. Die schwarzen, von Schimmel befallenen Wände, die knarrenden Türen mit faustgroßen Löchern und
einem Bodenspalt, durch den es immer zog, die zuge-
nagelten Fenster. Sie hatte dort keine Ecke gefunden, in
die sie sich zurückziehen konnte, in der es nicht nach
den Ausscheidungen anderer roch, die vorher hier gewohnt hatten, nicht einmal im Kellerverschlag, den sie
nicht betreten durfte, doch jedes Mal aufsuchte, wenn
die Mutter Essen beschaffte. Es gab gefühlte Ewigkeiten,

in denen Silvia mit ein paar erbettelten Karotten, altgekochten Erdäpfeln und schimmligem Brot auskommen musste, mit Resten, die Familien am Schwarzbach für ihre bettelnde Mutter übrig hatten. Wenn Silvia sich beschwerte, lamentierte die Mutter von der Ungerechtigkeit der Natur und dass sie selbst immer Angst gehabt habe, vom eigenen Kind, also Silvia, aufgegessen zu werden. Denn ein Kind beginne sofort zu essen, noch im Bauch, und jede Mutter müsse deshalb für die Zeit der Schwangerschaft Nahrung zu sich nehmen, verstoffen, Magenkrämpfe leiden und einen Abort aufsuchen. Silvia bescherten diese Vorwürfe einen wiederkehrenden Albtraum, in dem sie sich als schleimverschmierten Nager im Mutterbauch sah, der seine langen Zähne in das Fleisch grub, bis das Blut spritzte, als beiße er in eine Tomate.

Besser war es nach dem Umzug in die Festung am Stadtberg, zumindest am Anfang. Dort gab es andere Kinder und deren Eltern, die sich jeden Abend in einem steinernen Saal trafen und miteinander sangen und Sprüche aufsagten. Bald schon verachtete sie die Gruppe singender Erwachsener, und als sie bemerkte, dass ein älterer Mann sie die ganze Zeit von der Seite beäugte, fühlte sie sich unwohl. Die Nächte, in denen das laute Atmen und Schnarchen der anderen sie nicht schlafen ließ, waren unendlich lange. Obwohl es nicht durch die Ritzen zog und trocken war, kam ihr die Festung vor wie eine Ruine, einsturzgefährdet und dreckig, mit eisig kalten Wänden. Sie nutzte jede Gelegenheit, um den Stadtberg zu verlassen, bot Freundinnen ihrer Mutter an, ihnen bei Besorgungen und Besuchen in der Stadt beim

Tragen zu helfen. Unten, zwischen den Häusern, spürte sie den Wind kaum, selbst dann, wenn er an ihr zog und riss. Einmal bekam sie in einer Stadtwohnung ein Stück Zucker geschenkt, durfte auf einer Ottomane Platz nehmen und sah durch die alten doppelten Glasfenster auf die Häuserfront gegenüber. Sie registrierte kein Wort von dem Gespräch, das ihre erwachsene Begleiterin mit einer Bekannten führte; ihr Blick huschte vom Bücherregal zu den Kerzenständern, von dort zum Erker und weiter an der Mauer entlang über jeden Gegenstand, der bewusst an seinem ureigenen Ort zu liegen schien. Es herrschte eine Aufgeräumtheit, die sie nicht kannte. Wo denn die Kinder seien, fragte Silvia. Da gebe es hier keine, meinte die Bekannte. Wofür dann das viele Geschirr hinter den gläsernen Türen sei? Der Frau, die sie mitgenommen hatte, wurde die Fragerei zu viel; finster starrte sie Silvia ins Gesicht. „Ach, das Geschirr", lachte die Wohnungsbesitzerin, „ist nur Zierrat." – „Zierrat", sagte Silvia. „Was ist das?" Darauf bekam sie keine Antwort mehr, die Frauen unterhielten sich weiter.

An diesem Tag beschloss Silvia, in die Stadt zu ziehen, in eines dieser alten Häuser, in denen es dunkle Gänge, alte Wohnungen mit Holzmöbeln und ganz dünne Staubschichten auf den mit Stoffen überzogenen Sitzmöbeln gab, und Ordnung. Beim Abschied schüttelte sie der Gastgeberin die Hand und sagte, sie wolle einmal hier wohnen, genau hier, es rutschte ihr heraus. Die Frau schaute ernst in ihre Augen. „Wenn du den Ausgleich hinter dir hast, kannst du dich bewerben, und mit ein bisschen Glück wirst du in der Stadt wohnen, wie ich. Aber meine Wohnung wirst du nicht bekommen." Silvia verstand nicht. Als sie zur Tür hinaus waren, versetzte ihr die Begleiterin einen Tritt.

Sie dachte lange nicht an diese Szene, aber oft an den Wunsch, in die Stadt zu ziehen, und sie hatte tatsächlich Glück. Etel, eine Freundin ihrer Patentante, machte sich für sie stark, als eine Wohnung am Kerzenmarkt frei wurde. Ihre Mutter, die ein Zimmer in den Kasematten am Stadtberg für sie aufgetrieben hatte, in dem es, wie sie meinte, kein bisschen zugig sei, war gekränkt, aber auch erleichtert, dass es jemand anderer ihrer Tochter recht machen konnte. Nicht einmal ein Dutzend Maitage nach dem Ausgleich konnte Silvia das Haus am Kerzenmarkt besichtigen. Ihre Mutter kam mit und stellte fest, die vielgepriesene Wohnung ihrer Tochter – drei kleine, feuchte Zimmer – sehe kaum anders aus als die angeblich verfallenden Wände, in denen sie in ihrer Kindheit ja so gelitten zu haben meinte.

Silvia war nicht enttäuscht, das Umfeld wog die Schäbigkeit ihrer Wohnstatt auf. Sie stellte es sich so vor, dass sie ein paar für die Gemeinschaft notwendige Arbeiten verrichtete – was man eben von ihr verlangte für ihr Wohnrecht – und den restlichen Tag in ihrer Wohnung zubrachte. In einer für sie richtigen Wohnung in einem richtigen Haus, in dem andere still vor sich hin wohnten, ohne zu singen und andere zum Mitsingen zu zwingen. Nach draußen in den Wind würde sie nur gehen, wenn es unbedingt nötig war. Sie kannte die Geschichten vom Kerzenmarkt, von den unterirdischen Gängen, von den vielen Stockwerken unter der Erde. So oft sie wollte, konnte sie dort spazieren gehen, ohne einen Luftzug zu spüren. Sie lachte herzlich und voller Erleichterung, als ihr die Mutter eröffnete, wie sehr ihr diese Demimonde am Kerzenmarkt gegen den Strich gehe, die Damen und Herren, die sich in ihren Kabinetten miteinander vergnügten, aber nur ja keine Kinder wollten.

Der Umzug ging schnell, außer zwei Körben mit Kleidung hatte Silvia keinen Besitz. Dann kam doch die Ernüchterung: Sie saß in ihren vier Wänden auf einem alten Strohsack im Finstern und begann zu zweifeln. Zumindest ein Bett, ein paar Kerzen, Tücher, Tisch und Sessel würde sie brauchen. Wieder war es Etel, die ausverhandelte, dass der Hausrat von Alten, die gerade hinausgestorben waren, nicht an die Wohlhabenden verteilt, sondern Silvia zugesprochen wurde. Als sie die Möbel abholen wollte, kam sie zum ersten Mal in die tieferen Etagen, in die unter der Erde gelegenen Horizonte. Ihr fehlte das Werkzeug, um das Bett zu zerlegen; es in einem Stück zu schleppen gelang ihr ebenso wenig. Keiner im Haus hatte Zeit oder Muße, ihr zu helfen, und Etel wollte sie nicht fragen, nicht noch einmal, also blieb sie einige Tage in der leerstehenden, möblierten Wohnung. Die weißen Laken rochen nach Moschus und Erbrochenem, doch sie waren steif und glatt. Niemand kam und erhob Einspruch, als sie schließlich ihre Sachen von oben holte und einfach blieb.

Anfangs ging Silvia kaum vor die Tür. Und damit nahm die Zeit ihren Lauf, verästelte sich nirgendwohin und ging geradlinig weiter. Wenn man seinen Bestimmungsort erreicht hatte, dann verlief die Zeit in alle Richtungen und man führte sein wirkliches Leben. So kam es Silvia vor. Niemals störte sie die Gleichförmigkeit. Sie genoss die Maitage auf dem Kerzenmarkt, ging zum großen Platz hinunter, auf dem ein paar Marktstände aufgebaut waren und Gewand und Hausrat verkauft wurde. Gerne hätte sie sich neue Kleider oder eine warme Decke geleistet, doch dafür fehlte ihr das Einkommen. Sie fand sogar Gefallen daran, ihre Mutter auf dem Stadtberg zu besuchen, denn wenn sie von dort zurückkehrte, schien ihr der Kerzenmarkt jedes Mal von Neuem die reine Glückseligkeit, die sie beherbergte. In den dunklen Fluren ihres Hauses erkannte sie dort, wo andere einen graubraunen Gang mit abgetretenem Linoleum oder einfach nichts sahen, alle Nuancen und Schattierungen eines verzauberten Ortes, an dem selbst das Hässliche Schönheit ausstrahlte. Die letzten Meter lief sie, über die Schwelle in ihr Vorzimmer hüpfte sie, im Wissen, dass sie zu Hause war. Ihre Wohnung auf dem Kerzenmarkt erschien ihr als der letzte und eine Ort, an dem sie – möglicherweise vor ihrem jetzigen Leben – schon einmal gewesen war und an den sie hatte zurückkehren müssen. An vielen Morgen kam es ihr beim Aufwachen so vor, als wäre es die erste Nacht in dieser Wohnung gewesen. Alles blieb ihr neu, auch als sie schon jede Ecke und jeden Gang kannte; das Haus, der gepflasterte Platz, die mit Windruß geschmutzten Häuser, der Brunnen.

Dass Silvia nicht mehr aus der Wohnung der verstorbenen Alten ausziehen musste, war dem Umstand zu verdanken, dass es genug Platz gab im Haus. Die Hausvorsteherin und auch sonst niemand wollte die Wohnstatt haben, Silvias eigentliche Wohnung blieb leer. Ohne es zu realisieren, war sie damit in der Hierarchie der Bewohner des Kerzenmarkts aufgestiegen.

Ein paar Mal hatte ihr jemand aus dem Haus oder aus einer der benachbarten Wohneinheiten Avancen gemacht. Eine Katharina war am Nachmittag öfter gekommen und hatte heißes Wasser mitgebracht, sich angenähert und eines Abends ihre Lippen an Silvias Hals gedrückt. Silvia mochte den warmen Atem und zog sich aus, als Katharina an ihren Kleidungsstücken zupfte, nur erwiderte sie nichts. Ein Georg fragte, nachdem er ihr ein paar Mal Kerzen geschenkt hatte, geradeheraus, ob an einer körperlichen Verbindung Interesse bestehe. Nein, nie, hatte sie gesagt.

Junge Menschen gab es zum Glück nicht viele am Kerzenmarkt, und die meisten Alten waren kauzig, wunderlich und genügsam, Silvia gefiel das, sie brauchte nichts. Selbst die Maitage brauchte sie lange Zeit nicht. Ihre eigene, in einer Decke konservierte Körperwärme fühlte sich angenehmer an als der Stich, den die Sonne ihrer Haut zufügte, das brennende Gefühl nach einem Tag ohne Wind und Wolken, das Spannen auf der Haut, die sich danach in Fetzen ablöste. Hinaus ging sie an Maitagen bald nur mehr, weil sie nicht als Eigenbrötlerin gelten wollte. Die anfangs von ihr vermutete Gemeinschaftsarbeit, die ihr Wohnrecht absichern sollte, blieb aus; die paar Tätigkeiten, die ständig fällig waren – das Dach ausbessern, die Eingangstüre oder Fenster reparieren, die Böden am Gang kehren –, waren schon vergeben. Nach dieser Demimonde, auf die sie neugierig gewesen wäre, hielt sie Ausschau, doch sie schien sich vor ihr zu verschließen. Vielleicht tanzten und vergnügten sie sich hinter ihrem Rücken, nur hörte sie nie Musik und sah keinen lasterhaften Aufzug.

Sie ließ sich bei den Hausversammlungen blicken, suchte eher Kontakt zu den Alteingesessenen und pflegte die Freundschaft mit Etel.

All das änderte sich, als Darko in ihr Leben trat.

Fünftes Kapitel
In dem Silvia fast über Darko gestolpert wäre

Es lag da wie ein Hindernis, und sie hatte es eilig gehabt, arbeitete in dieser Zeit mehr im Elektrizitätswerk, um an das Geld für einen Schrank mit gläsernen Türen und ihren eigenen Zierrat zu kommen. In der Zeit davor, in der sie keiner Lohnarbeit nachgegangen war, hatte sie sich angewöhnt, die Morgenglocke im Haus zu überhören. Jetzt wachte sie meistens zu spät auf und vergaß in ihrer Traumhäuptigkeit, wie der Tag eingeteilt war. Ihr Zuspätkommen fiel im Elektrizitätswerk nicht weiter auf, nur einmal blaffte sie der Leiter an, sie könne sich doch wenigstens bemühen, ihre Dienste einzuhalten. Diese Begegnung fiel ihr ein, wenn sie morgens wieder einmal im zeitleeren Raum schwebte. Sie zündete dann eine Kerze an, wischte Gesicht und Achseln mit einem feuchten Tuch ab, zog sich im Halbdunkeln ein paar Gewandschichten über, kontrollierte, ob sie die Tasche und eine Haube dabeihatte, weil es in den Gängen kalt war, und dann rannte sie zur Tür hinaus. Manchmal war sie viel zu früh, hörte die Morgenglocke im Laufen, öfter zu spät. Das Zufrüh- wie das Zuspätkommen war Teil ihrer Routine und spielte keine Rolle, denn niemand arbeitete verlässlich. Es war kaum je sicher, ob es genügend Heizstoff gab, Braunkohle, die am Rand der Stadt abgebaut wurde. In der Grube, hatte sie gehört, herrschte ein ähnliches Regime. Einmal kam angeblich gar keine Kohle mehr, da taten sich ein paar Häuser zusammen und entbehrten Wohnungen für die Arbeiterinnen und Arbeiter. Es gebe Kraftwerke, hatte Silvia einmal von einem Arbeiter gehört, die anders angetrieben wurden, andere Städte würden zur Gänze mit Licht versorgt, dort leuchte alles wie ein alter Kerzenluster, nur mit Elektrizität. Hier lief das nicht so. Hier in der Stadt kaufte man immer noch Kerzen von den Fahrenden. Die Wände in den Häusern waren gelb und grau vom verbrannten Paraffin. Die Verkabelungen in den Wänden waren uralt, in manchen Wohnungen funktionierte kein einziger Schalter, manche Bewohner lehnten Edisons Lichterei einfach ab. Dabei ging noch immer die Geschichte um, wie die Stadt in vergangenen Zeiten elektrifiziert worden sei, wie zuerst ein Musiktheater, dann ein paar Wohnhäuser, schließlich die ganze Stadt verkabelt worden seien. Im Dampf und Rauch der Braunkohle habe alles geleuchtet. Silvia kannte Elektrizität nur in Rationen, und wann es welche gab, das wusste niemand im Vorhinein. Es konnte vorkommen, dass es die ganze Nacht genug gab und man schaltete nie das Licht ein, während man am Tag im Finsteren saß. Die, die am Kabelnetz hingen, zahlten so säumig, dass es nun wirklich keine Rolle spielte, wie viel Elektrizität sie nutzten, und ebenso keine Rolle, ob Silvia oder ihre Kollegen und Kolleginnen pünktlich zur Arbeit erschienen. An manchen Tagen schaffte sie es gar nicht, weil der Wind zu heftig war. Das Werk lag am Rand der alten Stadt, wo man sich von Gasse zu Gasse hanteln musste. Die letzten paar hundert Meter konnten gefährlich sein, da gab es keine Deckung, keinen Windschatten.

Sie hatte ein paar Tage frei gehabt und wieder einmal keine Ahnung, ob sie die Morgenglocke überhört hatte oder zu früh dran war. Der Luftzug unter der Tür verriet ihr, dass es brenzlig werden könnte. Sie packte sich in drei Schichten, dann riss sie in Eile die Tür auf und trat beinah auf ein Bündel. Sofort stieg ihr der scharfe Geruch in die Nase, sie schreckte zurück und stieß sich den Kopf an der Laterne, die neben ihrer Tür hing, die herabfiel und zerbrach. Jetzt drang nur mehr Dunkelheit aus ihrer Wohnung. Das Ganglicht war fahl, die nächste funktionstüchtige Lampe flackerte in einem langsamen, aber gleichmäßigen Intervall. Das Bündel bewegte sich in der Dunkelheit.

Ratten. Teufel noch einmal, Teufel, Teufel, dachte sie. Das Ungeziefer war also bis vor ihre Tür vorgedrungen. Sie spürte das Grausen im Unterleib und stupste vorsichtig mit einem Fuß gegen das Bündel. Es quietschte. Silvia machte einen Schritt zurück und stieg auf den metallenen Griff der Laterne. Am Kopf begann es warm zu pochen; sie griff nach oben und betastete die Stelle. Es blutete nicht, aber eine Beule bildete sich. Da wurde aus dem Quietschen ein anschwellender Ton. Das waren keine Ratten. Vielleicht ein Hund. Niemandem war es erlaubt, in der Stadt einen Hund zu halten, doch manche ignorierten das Verbot. Vielleicht war es ein ausgesetztes Tier?

Silvia ging in die Hocke, stützte sich mit einer Hand am Boden ab und zog mit der Lampenhalterung, die sie wie einen Schürhaken benutzte, das Bündel langsam über ihre Türschwelle zu sich heran. Es machte Kratzgeräusche am Boden. Ein kleiner Arm schnellte empor.

Silvia griff mit zwei Fingern auf den schmutzigen Stoff. Sie schob mehrere Schichten beiseite, bis ein Gesicht vor ihr auftauchte. Zum Glück hatte sie das Bündel beim Verlassen der Wohnung nicht weggetreten. Das Pochen im Kopf wurde stärker, ein stechender Schmerz begann sich über ihre Stirn zu ziehen. Sie ließ sich auf den Boden sinken, zog das Bündel zwischen ihre Beine, zupfte alle brüchigen Teile außen weg und legte es frei, das rote, runzlige Gesicht eines Kindes.

Von dem süßlichen Mief, der ihr in Wellen entgegenschlug, musste sie würgen. Sie stemmte sich in die Höhe, schloss die Tür und zündete eine Kerze an. Unter ihren Füßen knirschten die Glassplitter der zerbrochenen Laterne. Sie hatte keine Ahnung, was sie machen sollte, beschloss aber, das Kind erst einmal aus den Lumpen auszupacken. Die marderschwarzen Augen schienen jede ihrer Bewegungen zu registrieren.

Sie öffnete noch einmal die Tür und spähte hinaus, den Gang hinab. Nichts bewegte sich, nur die Lampe flackerte. So wie es aussah, war es ohnehin zu windig, um ins Elektrizitätswerk zu gelangen, zumindest auf dem oberirdischen Weg. Sie kippte den Schalter: Kein Licht. Also hatte auch die Nacht über niemand dort gearbeitet. Gut, dann konnte sie sich um das Problem kümmern.

Wer legte bloß ein Kind in einen Türrahmen, wo es zog und innerhalb kurzer Zeit ... sie mochte es sich nicht ausmalen. Zum Glück hatte sie das Kind lebendig gefunden. Nur, wie es am Leben erhalten? Sie spürte das unangenehme Jucken von Gänsehaut am Rücken und an den Unterarmen. Der ihr vertraute Gang, den sie als einen Teil ihres Wohnraumes empfand, war ihr plötzlich fremd, ein Ort, an den irgendwelche Menschen von draußen gelangten, um ihre ungeliebten Kinder abzulegen. Oder war es ein Versehen, gehörte es einem Nachbarn, der es nur schnell hier abgestellt hatte? Unsinn, es gab keine Kinder am Kerzenmarkt. Außerdem stank es. Es stank so sehr, wer weiß, wann es zuletzt gesäubert worden war.

Am Kerzenmarkt waren die meisten Dinge in einem gepflegten oder zumindest aufgeräumten Zustand. Dieses Kind war es nicht. Irgendein fremder Mensch musste seit dem vergangenen Abend hier gewesen, vor ihrer Tür gestanden sein und das Kind abgelegt haben. Ihr graute bei dem Gedanken an diesen Eindringling. Es ärgerte sie plötzlich, dass man bei der Hausversammlung über Blödsinnigkeiten stritt, aber das Thema Sicherheit noch nie berührt hatte, im tumben Glauben, man sei hier ja sicher, weil man auf dem Kerzenmarkt wohne. Es scherte sich kein Mensch darum, wer hier aus und ein ging. Weil man eben nicht einfach hier hereinkam. Nun hatte sich jemand nicht daran gehalten und war eingedrungen. Was sollte man dem entgegensetzen? Es gab keine Maßnahme, keinen Plan dafür. Wenn morgen vor jeder Tür ein Kind lag? Was sollte man dagegen tun? Kerzenmarkt hin, Kerzenmarkt her. Sie selbst sah es ja auch so: Der Kerzenmarkt war der Nabel der Welt, und von der Welt wusste sie nicht viel, was sollte es also schon anderes von Bedeutung geben außer diesen sicheren Ort, der nun nicht mehr sicher war.

Ein Rascheln aus ihrer Wohnung riss sie aus ihrem Groll. Sie drehte sich um. Die Arme des Kindes bewegten sich in der Luft, als würde es nach etwas greifen. Silvia schloss die Tür, sperrte ab und ging zu dem schmutzigen Bündel aus altem Plastik und klebrigen Stoffresten. Mit beiden Händen griff sie darunter, verkrampft, hielt inne, überlegte, wie sie es am besten anheben sollte: eine Handfläche unter den Kopf, die zweite quer unter das Bündel, schön langsam darunter schieben. Sie spürte etwas Nasses, aber sie hielt es sicher. Es schien ihr in dem Moment, als sei das Kind leicht wie Luft. Diese Leichtigkeit war es, die sofort ein mütterliches Gefühl in ihr auslöste, das im nächsten Moment eine ganze Kette von panischen Gedanken in Bewegung setzte, beginnend mit der Frage, was als Nächstes zu tun sei.

Sie legte das Kind wieder ab, wickelte es aus den Lappen, die sie zu Boden warf, und besah es. Seine Brust war feucht und weich, die Beinchen gerötet. Ihre eigenen Hände rochen nach dem Auspacken nach saurer Milch, dazu mischte sich etwas Salziges, das, je weiter sie es einatmete, immer schärfer wurde, so scharf, dass sie husten musste. Sie kannte keinen Menschen, der ein Kind hatte. In der Schwarzbachsiedlung und in den Höfen am Stadtrand gab es Kinder, viele sogar, denn dorthin zog man, wenn man ein Kind erwartete. Jenseits des Schwarzbachs in den Wäldern sollte es sogar ein Kinderhaus geben – aber nicht am Kerzenmarkt, wo die meisten alt waren und den Ausgleich längst hinter sich hatten. Der Ausgleich war von diesem Kind noch ein halbes Leben entfernt. Es tat ihr leid. Diese elende Zeit des Essens und des Ausscheidens. Sie würgte, so scharf hatte der Gestank sie angegriffen.

Das Kind schrie nicht, obwohl es ein Dutzend offener Stellen am ganzen Körper hatte, die schmerzen mussten. Eine kleine, starke Faust schloss sich um ihren Zeigefinger. Überall war es schmutzig. Es war ein Junge; um seine Geschlechtsteile wuchs ein roter Kranz mit Bläschen. Sie zog die Wasserschüssel an sich heran und begann das Kind zu waschen. Obwohl es dunkel war, spürte sie seine Augen. Sie wollte ihm den fauligen, scharfen Geruch abwaschen, doch als sie zum wiederholten Mal mit dem nassen Tuch über seinen Bauch glitt, verkrampfte es sein Gesicht und ließ einen Ton anschwellen. Instinktiv stieß sie ein zischendes Geräusch aus und griff ihm an die Stirn. Unter ihrer Bettdecke war es noch warm; sie schob das Kind darunter und stopfte ihm die Decke eng um den Körper.

Nachdem es eingeschlafen war, ging Silvia zu Etel, die einen Horizont weiter unten wohnte. Beim Hinabgehen war sie schon unruhig, weil sie es allein ließ. Was, wenn es sich bewegte und aus dem Bett fiel? Ihre ganze Wohnung, dachte sie, war nicht für ein Kind ausgelegt. Sie hatte kaum Licht, es zu waschen war schon schwierig genug gewesen. Wohin die Abfälle? Die Ausscheidungen? Man musste sicher eine Menge Gewand waschen, wo sollte sie das machen? Etel wusste vielleicht, was zu tun sei, ihr vertraute sie am ganzen Kerzenmarkt am meisten.

Etel nahm die Neuigkeit mit dem Kind – wie alles, das man ihr erzählte – gelassen auf.

„Die Mutter wirst du wohl nie kennenlernen", meinte sie und drückte Silvia eine Tasse kalten Eichelkaffee in die Hand. „Für die Aufregung."

Silvia nahm die Tasse und roch daran, bitter wie immer. Ach, jetzt musste sie auch ausscheiden, und es würde sie drücken in Magen und Darm. Gut, wenn sie Etels Gesöff zu sich nahm, aus reiner Höflichkeit, dann würde es sie eben drücken im Bauch, so wie es das Kind drückte.

„Das geht doch nicht."

„Was", sagte Etel, „der Kaffee oder das Kind? Sind dir wohl heute zu viele ungewohnte Dinge."

Silvia sagte nichts.

„Ja, ist schon gut", sagte Etel, „man wird doch die eine oder andere verbotene Leidenschaft haben dürfen. Ich habe sie selbst gesammelt, die Eicheln, meine ich."

Silvia machte einen großen Schluck Kaffee, ihr kam die Situation mit dem Kind immer unwirklicher vor.

„Da hat dir also jemand einen Balg vor die Tür gelegt. Wundert mich bei dem starken Windgang. Das sind die Tage, an denen die Fremden verzweifeln, man kann es verstehen. Die Eltern sind längst weiter, Richtung Norden wahrscheinlich auf den Gleisen, oder zur Großen Westschneise, wenn sie verrückt genug sind."

Während Etel redete, zog sich Silvias stechender Kopfschmerz in die hinteren Regionen ihres Schädels zurück. Kein Wort, das Etel sagte, war beruhigend, doch allein ihre Stimme und ihre Tonlage entspannten Silvia. „Warum legt man mir ein Kind vor die Tür?"

„In die unteren Horizonte gehen die Fremden nicht. Entweder ist es einfach Zufall oder jemand hat gewusst, wer du bist."

„Weshalb", fragte Silvia, „sollte das für jemanden wichtig sein, wer ich bin?" Wahrscheinlich steckt meine Mutter dahinter, dachte sie und spürte schon die Wut aufsteigen. Oben in diesem Windloch von alter Burg, wo sie ständig sangen und ihre seltsamen Spiele spielten, war sicher jemand schwanger geworden, und dann, sie konnte es sich vorstellen, hatte ihre Mutter vom Kerzenmarkt erzählt, nur um Silvia eins auszuwischen.

„Seit du bei der Elektrizität arbeitest", sagte Etel, „seither kennen sie dich außerhalb."

Da hatte sie recht. Dabei sprach Silvia dort kaum je mit ihren Kollegen, verrichtete ihre Dienste still. Sie wusste, dass es den anderen am Kerzenmarkt nicht passte, wenn jemand eine Arbeitsstelle hatte, bei Etel allerdings störte sie der Unterton. Sie wollte aufstehen und gehen, doch Etel hielt sie am Arm.

„Ist schon gut", sagte Etel, „ich habe es nicht so gemeint. Jemand hat wahrscheinlich erfahren, dass du in einem guten Alter für ein Kind bist und alleinstehend noch dazu. Stell dir vor, man hätte es der alten Frau Kratochvil vor die Tür gelegt, oder dem Stiefelküsser."

Silvia lachte. Der Stiefelküsser lebte in der Tradition des Soldatenstandes und hing einer vergangenen Zeit nach. Er sprach gelegentlich von der Weltordnung, die es wiederherzustellen gelte. Die Weltordnung, sagte Etel ihm dann, habe der Wind verblasen. Dieser Ausspruch reizte ihn; weil er aber verklemmt war und sich gegen Frauen nicht zur Wehr setzen konnte, räumte er jedes Mal das Feld.

„Wirst du dich darum kümmern", fragte Etel, „oder bringst du das Balg gleich zum Schwarzbach runter? Es muss nämlich essen, und zwar bald."

Daran hatte Silvia noch nicht gedacht; es jemand anderem zu bringen, das wäre eine Idee. Die Eltern unten am Schwarzbach konnten bestimmt nicht Nein sagen, ihrer eigenen Kinder wegen schon nicht. Und doch zögerte sie: „Glaubst du nicht, dass es hier etwas gibt? Zu essen, meine ich."

Etel lächelte und sah ihr tief in die Augen. „Und was genau soll das sein?"

„Heute ist es zu stürmisch", sagte Silvia, „es wäre für mich schon gefährlich über den Harten Rücken runter zum Schwarzbach. Und mit dem Kind unmöglich. Es muss hier etwas zu essen geben."

„Himmel, nein." Etel schüttelte den Kopf. „Es gibt hier nirgendwo Nahrung für ein Kind. Ich hab nie eins gehabt, aber meines Wissens muss so ein Kind alle paar Stunden essen oder Milch trinken. Ich würde an deiner Stelle den Tag nutzen. Sonst verhungert es und du musst etwas Totes zur Rampe bringen."

Silvia spürte ein Kratzen im Hals und ein Stechen im Magen. Warum hatte sie den Kaffee getrunken, wie unnötig. Jetzt musste sie für sich einen Abort suchen und für das Kind etwas zu essen. Der ganze Kerzenmarkt schien ihr im Moment zu eng und zu klein.

„Geh zum Schwarzbach und schau, dass es dir jemand abnimmt", sagte Etel mit so viel Nachdruck, dass Silvia nichts mehr einfiel. Sie trank den kalten, bitteren Eichelkaffee in zwei letzten Schlucken fertig, stand auf und fing die Tasse, die sie in der Hast umgestoßen hatte, gerade noch auf. Es schmeckte weich. Je mehr man davon trank, desto besser wurde das Gebräu. Sie konnte fühlen, wie es ihre Speiseröhre hinunter in den Magen und von dort weiter in den Unterleib rann, wo es sich sammelte und zu einer Art innerer Explosion führen würde.

„Zeig es mir zuerst noch", setzte Etel nach, „ich will es sehen."

Sie stiegen in Silvias Wohnung hinauf, betraten das Schlafzimmer, und da lag das Kind immer noch in derselben Position, in der Silvia es gebettet hatte. Sein Atem ging leise und schnell.

Etel betrachtete es lange. „Dass es so ruhig ist. Wie es wohl heißt?"

„Darko", sagte Silvia, ohne nachzudenken.

Etel wandte den Blick nicht von dem Kind ab, schüttelte den Kopf sanft und flüsterte: „Du hast ihm einen Namen gegeben. Dann ist er deiner, dann ist es wohl entschieden, dann muss es so sein."

Darko öffnete die Augen, gähnte und starrte in die Luft, ohne einen Mucks zu machen, fast so, als schaue er durch Etel hindurch in eine andere Welt hinein, die nur er sehen konnte.

„Geh", sagte Etel, „geh und hol ihm etwas zu essen. Die Leute am Schwarzbach werden dir schon helfen. Und allein schaffst du es über den Harten Rücken. Ich passe so lange auf ihn auf. Lauf!"

Sechstes Kapitel
In dem Darko eine Grenze übertritt

Der Marktplatz war leer bis auf den hochgewachsenen Mann am Brunnen, daneben die beiden Alten, und in einiger Entfernung Darko, der die drei beobachtete. Der Mann stützte seinen Kopf auf die Knie. So groß und lang, wie er war, sah er grotesk dabei aus. Darko amüsierte es ebenso, wie es eine komische Traurigkeit in ihm weckte; der Mann sah aus wie eine Heuschrecke, bis er sich im nächsten Moment streckte. Seine Wangen waren nass, die Köpfe der beiden Alten neben ihm zur Seite gesunken. Kleine Köpfe, an denen aschgraue, dünne Haare klebten. Dieser große Mann versuchte, sie aufzurichten, wobei sie in seinen kräftigen Händen wie tönerne Gegenstände wirkten; zerbrechlich, aber starr und schwer. Der Kopf des alten Mannes kippte nach vorn, im nächsten Moment entglitt ihm auch jener der Frau. Der Helfende griff hierhin, dorthin, alles schien vergeblich. Wie zwei tote Gänse lehnten die beiden Alten aneinander. Der Helfer versuchte, ihre Körper gegen die Brunnenwand zu lehnen, die Frau kippte daraufhin ein Stück weiter vornüber, ihre Beine hoben sich, dann plumpste sie zur Seite und der alte Mann wie ein Dominostein darauf. Der Helfer ließ, als würde er mitkippen, seinen Kopf auf die Knie sinken, klappte selbst zusammen. Die grausame Sonne gab ihm keine Deckung, schien auf die Szene, leuchtete sie in jeder Fuge aus. Sie stand direkt über dem großen Brunnen, sodass es keinen Zentimeter Schatten gab, sodass es wehtat in den Augen.

Darko schaute in den Himmel, in das leuchtende Blau. Er fand den Mond, eine kleine Sichel, die dünn und durchsichtig über den Dächern des alten Kapuzinerklosters stand. In seinen Augen zuckten silbrige Blitze. Er musste niesen und hielt sich die Nase zu, wie er es von Etel gelernt hatte, weil man auf Hausversammlungen nicht nieste – wobei diese Regeln allein ihn betrafen; vor den Auswürfen von Kindern herrschte größte Angst.

Der Helfer rappelte sich wieder auf und strich mit einem Handrücken über die Wangen der beiden Alten. Nichts regte sich in ihren Gesichtern, sie lagen da wie umgefallene Bretter und sackten unter seinen Berührungen noch weiter zusammen, als ginge ihnen die Luft aus. Der Helfer hatte neuen Mut gefasst, es ärgerte Darko, wie stur er herumfuhrwerkte, sich gegen den Brunnen stemmte, die Schultern der alten Frau nach vorne zog und versuchte, sie hinter den Schultern des Mannes einzuklemmen, sodass sie für einen Augenblick wieder Wange an Wange beieinandersaßen.

Darko stellte sich vor, die beiden Alten müssten leicht sein, so dürr, wie sie waren. Er stellte sich vor, dass ein Mensch, wenn er alt wurde, verhautete, sich sein Muskelfleisch allmählich in zähe, ledrige Haut verwandelte, bis er nur mehr aus Haut und Knochen bestand. Vielleicht, dachte er, müssten sie essen, wie er, vielleicht waren sie einfach nicht mehr ausgeglichen. Hatte das noch keiner probiert? „He", sagte er tonlos, „ich habe zu essen. Willst du ihnen etwas zu essen geben? Vielleicht müssen sie essen." Eigentlich hatte er nur mit sich gesprochen; er erschrak, als der Helfer den Kopf hob. Mit seiner in Falten liegenden Stirn und den tiefen Augenhöhlen sah er älter aus als noch vor einem Moment, als er vertieft darin gewesen war, schwerfällige Körperteile zu sortieren. Er hob das Kinn und schaute in die Luft, ohne ein Ziel zu erfassen, er schien nicht zu atmen. Seine Lippen waren aufeinandergepresst. Darko hatte das Gefühl, ihn ansehen zu müssen, und fixierte den Mann mit seinem Blick. Der Kopf des alten Mannes kippte erneut vornüber. Der Helfer schaffte es nicht rechtzeitig, den Körper aufzufangen, der sich aus der Verkeilung mit dem Körper der alten Frau gelöst hatte; sie sank zusammen, nur mehr ihr Becken berührte die Wand des Brunnens.

Darko spürte das dringende Bedürfnis, wegzugehen. Er drehte sich um in Richtung des Hügels. Die anderen waren dem Glockengeläut hinterher, Silvia war bestimmt beim Kardinal. Wenn er diesen Maitag nicht nutzte, wer wusste, wann der nächste kam. Ihm wurde heiß, ein bisschen übel. Hunger? Angst? Nein, es war so eine Art Vorfreude. Zuerst trottete er ein Stück in Richtung Kathedrale den Hügel hinauf, drehte sich dabei ein paar Mal um und konnte erkennen, wie der Mann den leblosen Körper des Alten wieder und wieder vom Boden hochzog, um ihn hinter die Frau zu klemmen. Darko überlegte, ob die beiden Alten später, wenn er auf den Platz zurückkommen würde, noch immer dasäßen. Vielleicht konnte man sie mit Essen doch noch retten?

„He", rief er zurück, „soll ich etwas zu essen bringen?"

Der Helfer stand auf. Er war enorm groß. War er überhaupt ein Mensch? Oder ein Riese? Unsinn, dachte Darko, oder doch kein Unsinn?

Der Mann sagte einige Atemzüge lang nichts, dann brüllte er: „Sie sind tot."

Darko drehte sich weg und rannte. Tot also. Damit hatte er es noch nicht zu tun gehabt. Nicht mit Toten. Tote gab es hier nicht. Keine Kinder außer ihm, und keine Toten, außer diesen beiden Alten. Er machte sich Vorwürfe. Hätte er vielleicht gleich, als er sie so kraftlos neben sich am Brunnen gesehen hatte, in dem Moment, als sie nebeneinander saßen, etwas zu essen holen sollen? Teufel, dachte er, ich hätte das verhindern können, wenn ich nur überlegt hätte. Es war ja einleuchtend. Der Ausgleich betraf die Lebensmitte, vorne und hinten musste man eben essen. Kinder und Sterbende. Er hoffte bloß, dass man sie nicht zu den Kapuzinern in die offene Gruft legen würde. Nur einmal um die Ecke vom Kerzenmarkt lagen seit ewigen Zeiten alte Leichen der armen Brüder in einem sandigen Keller, und sie störten ihn. Sie waren getrocknet, der Wind fächelte ihnen durch die offenen Fenster, die offenen Stiegen und die offenen Türen Luft zu, die durch ihre Hautschichten, durch die Lumpen, die sie trugen, zog und an ihren Knochen rüttelte, nur um von dort wieder heraufzuziehen, an die Oberfläche und durch die Ritzen der Türen bis an seine Liegestatt. Er atmete sie also ein, die Luft der Leichen. Hätte er etwas zu sagen hier, dann würde er sie entfernen lassen aus ihren sandigen Kellern. Er hoffte inständig, es gäbe einen Ort, an dem man diese beiden Toten nun verwahren konnte, irgendwo, wo kein Wind und kein Luftzug sie berühren würde. Silvia hatte nie mit ihm über den Tod gesprochen. Es waren Leute ausgezogen, Alte, aber gestorben wurde nicht. Auf den Hausversammlungen redeten sie von Toten, und sie stritten sich, wer als Nächster in eine Wohnung unten nachrücken durfte. *Ausgezogen*, sagte Silvia, nicht *tot*.

Als Darko am alten Kapuzinerkloster vorbeiging und die schmiedeeisernen Fensterkreuze sah, spürte er, obwohl es windstill war, einen Luftzug, der ihm eine Gänsehaut auf die Oberarme trieb. Er lief den Hügel hinab, mit großen Schritten. In der Josefsstraße spazierte ein Paar, das sich an den Händen hielt. An den beiden vorbei verließ er die Stadt, ging im Zickzack über das aufgerissene Straßenpflaster auf das große Gebäude des alten Bahnhofs zu. Die Mauern standen rußgeschwärzt, festungsgleich in der Senke, die Fenster waren alle noch intakt. Das mittlere Eingangstor war vernagelt, an einem der Nebenportale klaffte ein Loch im Holz, das der Wind ausgeschliffen hatte, sodass man bequem durchschlüpfen konnte. Als er drinnen war und sich seine Augen an das gedämpfte Licht gewöhnt hatten, sah er, was alles durch dieses Loch hereingedrückt worden war: kniehohe Nester aus morschen Ästen, Staub, Stoffstücken und verlorenen Habseligkeiten. Er kniete sich vor eines dieser Gebilde und erkannte eine Mütze, geschwärzte, beschriebene Blätter und Knochen, einen Schädel, wahrscheinlich von einem kleinen Tier. Zaghaft begann er, den Schädel aus dem Filz zu lösen. Zwei scharfe Zähne vorne an der Schnauze hingen noch im

Kiefer. Die Backenzähne waren fest mit dem Haufen verwirrt.

„Verschwinde", sagte jemand hinter ihm in ruhigem Ton.

Darko spürte ein Prickeln das Steißbein hinauf und ein wenig Übelkeit auch.

„Verschwinde!"

Er drehte sich im Kauern um und sah Seile, geflochtene, braune Seile. Solche Seile, wie er sie in endlosen Windzeiten mit Silvia unter Etels Anleitung geflochten hatte, bis die Hände rissig wurden. Die Seile hingen über einen Oberkörper, durch den sich diagonal eine wulstige Narbe zog, die nur zum Teil von Stoff verdeckt wurde. Als Darko aufstand, wurde ihm schwarz vor Augen. Er suchte etwas, woran er sich festhalten konnte, fand nichts und torkelte ein Stück. Dann spürte er eine Hand, die ihn ziemlich fest an der Hüfte hielt, die Seile berührten sein Gesicht.

„Pass auf, Kind!"

Die Narbe war unmittelbar vor seiner Nase; sie stand wie ein kleines Gebirge von der Haut ab.

„Kommst du aus der Stadt? Oder von den Gleisen?" Die Frau wartete nicht auf eine Antwort, sondern trat durch das Loch ins Freie.

Darko wankte ihr nach. „Aus der Stadt."

„Dachte ich mir; für die Gleise siehst du zu sauber aus. Von der Festung?"

„Nein, vom Kerzenmarkt."

„Kerzenmarkt", wiederholte sie.

„Bist du die Bahnhofswächterin?"

„Nein, ich bin Zofia."

Sie drehte sich um und schüttelte ihm die Hand. Im grellen Licht konnte er ihre Narbe deutlicher erkennen, sie zog sich von der linken Schulter quer über den Oberkörper bis zur rechten Hüfte und verschwand in der Hose. „Hierher wagt sich sonst keiner von euch da oben", meinte sie.

„Es ist eigentlich nicht weit", sagte Darko.

„Ja, ja, wir können einander zuwinken, und dennoch traut sich keiner her, was nur vernünftig ist", sagte sie. „Der Bahnhof ist kein guter Ort."

„Auch an einem Maitag?"

Zofia lachte. „Immer", sagte sie, „immer, vor allem, wenn man ein so sauberer Hausbewohner vom Kerzenmarkt ist."

Darko hatte nicht die geringste Angst vor Zofia, die das spürte und mit leiser, kehliger Stimme lachte.

„Man weiß nie, wie lange die Winde still bleiben, und dann bist du hier gefangen." Ihr Gesicht war rund, sie duftete nach süßlicher Seife und Metall. „Und dann musst du im nächstbesten Unterschlupf bleiben, solange es dauert, für dich als Kind ist das schwierig. Du wirst hungrig werden."

Darko stierte auf den rissigen Betonboden. „Es ist nicht weit, das schaffe ich auch bei stärkerem Wind. Und außerdem ..."

„... außerdem was?"

„... weiß niemand, wann der nächste Maitag kommt."

„Naja, da hast du recht. Nur, in fremde Häuser zu gehen, ist keine gute Idee."

„Der Bahnhof ist doch kein fremdes Haus", sagte Darko und dachte, dass er schon in allerhand fremden

Häusern in der Stadt gewesen war, kein Problem für ihn.

„Ist schon lange kein Bahnhof mehr."

Er ging wieder in die Hocke, vor Zofia musste er keine Angst haben, aber wer wusste, wer noch hier hauste.

Am Kerzenmarkt war das Herumstreunen nicht mehr interessant, er kannte jeden Pflasterstein am Platz, jede Ecke auf den Gängen in den unteren Horizonten und die meisten Ecken in den Gängen über der Erde. Als Kind hatte er sich Mutproben auferlegt, war möglichst nah an die vernagelten Fenster herangetreten, hatte die Läden, an denen der Wind riss, angefasst. Bis in den obersten Stock wagte er sich allein nie vor, Silvia hatte es ihm mit Strafandrohungen nachdrücklich verboten. Es hieß, wegen des Windes, doch Darko wusste, dass es andere Gründe geben musste, denn war der Wind auch ständig da, konnte er sich an kein einziges Haus erinnern, das je vom Wind zerstört worden wäre, keinen einzigen abgehobenen Dachstuhl, auch wenn praktisch bei jeder Gelegenheit davor gewarnt wurde. Zumindest den Verstand konnte das Getöse rauben; denen, die oben wohnten, war der Wahnsinn anzusehen, ihren apathischen Blicken, ihrem schlenkernden Gang, ihren zerschlissenen Kleidern, ihrer fasrig-faltigen Haut mit den braunen Flecken, ihrem wankenden Gang. Silvia hatte einmal gesagt, die meisten seien taub, und wahrscheinlich fehle ihnen der Sinn fürs Gleichgewicht. Darko hatte sich gefragt, ob das allein am Wind lag, der ja draußen war und draußen blieb. Hier, beim Bahnhof und bei Zofia, würde der Wind mit vollem Tempo durchsausen. Es gab keine anderen Häuser, keinen Windschatten, nur die Gleise. Entlang dieser Gleise, so ungebremst, konnte er schon ein wildes Tempo erreichen.

„Was ist dort drüben", fragte Darko, „auf der anderen Seite der Gleise?"

„Das ist die Neustadt", sagte sie, „eine schöne Gegend, zumindest in den Windkuhlen. Alles Zugereiste, weil von der Stadt dort niemand hingeht."

„Kennst du sie?"

„Ein paar kenne ich. Ein paar habe ich selber dorthin geschickt."

„Warum bist du dann hier geblieben, wenn es dort viel schöner ist?"

„Woher willst du wissen, dass ich nicht schon immer hier gelebt habe?"

„Du sprichst anders."

„Anders!"

Darko schloss die Augen. „Es klingt anders, so wie bei den zugereisten Leuten am Schwarzbach, die aus den Wäldern kommen."

„Du beobachtest gut."

„Dann kommst du aus Prag oder Wien oder Budapest?", fragte Darko. „Oder aus Krakau?"

„Wien?", fragte sie und lachte laut.

„Ich weiß schon, Wien liegt in der Großen Westschneise."

„Ein gebildetes Kind", murmelte Zofia. „Aber nein, ich war nirgendwo dort."

„Was ist deine Muttersprache? Deutsch, Tschechisch oder Polnisch?"

„Polnisch. Aber ich bin schon sehr lange hier."

„Wie bist du hierhergekommen?"

Sie schwieg.

„Dort drin ist deine Wohnung?"

„Ist sie."

Sie schaute kurz in die Sonne, drehte sich weg und musste niesen. Darko tat es ihr gleich.

„Wusstest du, dass wir diese Maitage früher bei uns Niesetage nannten? Wir haben sie genutzt, um uns von all dem Staub in den Nasen zu befreien." Sie blies einen Batzen durch das rechte Nasenloch auf den Boden. „Der Wind hält den Staub ständig in Bewegung; du musst ihn ausrotzen, sonst verklebt er dir eines Tages deine Atmung."

Darko versuchte es noch einmal, schaute direkt in die Sonne, schloss die Augen und sah Blitze, dann nieste er gekünstelt. Als er seine Augen wieder öffnete, kam der echte Niesreiz; mit ganzer Kraft brach es aus ihm heraus und der Schleim verteilte sich über seinen Pullover.

Zofia lachte, während er sich mit dem Handrücken den Mund abwischte. „Wir sind jetzt beide gesund, das war gut. Wir brauchen die Sonne."

„Ich werde jetzt gehen", sagte Darko.

„Zurück zum Kerzenmarkt?"

„Nein, ich wollte auf die Gleise runter."

Zofia fasste ihn bei der Schulter: „Lass das sein! Du weißt doch, dass dort Leute sind, die wenig von Stadtkindern halten."

„So wie du?"

„Nein, nicht so wie ich. Ich glaube, du hast noch nie mit solchen Menschen zu tun gehabt. Das sind …"

„... Gleiswanderer. Stimmt es, dass sie essen?"

„Erzählt man sich das am Kerzenmarkt, ja? Dass sie gierig sind, gierige Vagabunden?"

„Habe ich gehört. Aber mich ..."

„Das ist das Gerede feiner Menschen am Kerzenmarkt, die in ihren Wohnungen sitzen und nichts tun."

„Mich stört es nicht, wenn jemand isst. Ich glaube ehrlich gesagt, dass es besser wäre, wenn man irgendwann wieder anfangen würde zu essen. Das könnte vielleicht manche Leben retten."

„Unsinn. Und diese Reisenden, sie sind nicht gierig, und sie essen nicht. Aber sie haben ein anderes Leben als du und ich. Die Gleise sind gefährlich."

Allein das Wort *Reisende* ließ Darko aufhorchen. „Leben sie in den Waggons?"

„In den Waggons, in den Bahnhöfen, in den Lagerhallen. Oft lange Zeit."

„Ich dachte, sie ziehen nur durch, entlang der Bahn, von einem Ort zum nächsten, und bleiben nicht lange."

„Das machen sie auch, aber die meisten bleiben irgendwo hängen."

„Was spricht dann dagegen, dass ich runtergehe?"

Zofia lachte. „Sie warten nicht auf Kinder wie dich, lass es einfach sein", sagte sie ein wenig lauter werdend. Sie machte eine Geste nach hinten. „Dann komm lieber zu mir herein."

Darko nickte und folgte ihr zurück durch den Eingang und über eine Stiege hinauf, bis sie vor hohen Glasscheiben standen.

Zofia deutete auf das Fenster. „Ich habe keine Lust, da runterzugehen und dich rauszuholen. Nicht heute."

„Das musst du nicht.“

„Doch, das werde ich tun. Denn ich kann von hier oben alles beobachten. Jeden Schritt da unten. Wenn du in dein Unglück rennst, muss ich das von meiner Wohnung aus ansehen, und das bringt mich auf schlechte Gedanken, verstehst du das?“

Die dreckigen Fenster waren riesig, drei, vier Mal so hoch wie er. Nein: drei, vier Mal so hoch wie Zofia.

„Komm“, sagte sie, drückte ein Brett zur Seite, das unter den Fenstergriff geklemmt war, und schob Darko hinaus auf ein schmales Gesims mit Geländer, auf dem ein riesiger Löwenzahn wuchs. Unter ihnen breitete sich die Gleislandschaft in alle Richtungen aus, der blaue Himmel lag riesig über diesem von Linien durchzogenen Bild.

„Einen besseren Ort, um die Gleise zu sehen, wirst du nicht finden.“

Darko zählte fünf Schienenstränge. Zwischen den metallenen Adern lagen verstreut umgekippte Waggons, ein paar standen eingeklemmt dazwischen. In der Mitte eine Lokomotive, ihr schwarzer Metallkörper glänzte matt in der Sonne, die inzwischen schräg auf die Gleise fiel.

„Hat jemand probiert, ob sie noch funktioniert?“

„Das ist sinnlos. Über den Gleisen liegen umgefallene Bäume, und im Gleiskörper gibt es Lücken. Die Gleiswanderer meinen, dass sie hineingesprengt wurden. Aber ich sage dir, es ist die natürliche Verwitterung.“

„Schade“, sagte Darko, ohne seinen Blick abzuwenden.

„Ich kann mir schon vorstellen, dass man sich oben in der Stadt alle möglichen Geschichten über die Eisenbahn erzählt."

„Ja", sagte Darko, „aber die meisten haben Angst davor."

„Wovor genau?"

„Dass die Gleise wieder funktionieren."

„Ha!", rief Zofia aus. „Anscheinend ist wirklich noch nie jemand heruntergekommen. Wie soll sich auf diesen Gleisen noch etwas rühren?"

„Ein Stück könnte man noch fahren, siehst du nicht?" Er zeigte auf einen Strang, der unversehrt aussah. „Da gibt es Teile, die sind frei."

„Jeder braucht wohl seine Märchen, nicht? In der einen Sache aber hast du recht: Es kommen Leute zu Fuß entlang der Gleise und meinen, sie könnten ab einem der Bahnhöfe mit Draisine oder Lokomotive weiter. Ich halte das für eine schlechte Idee. Wenn der Wind aufzieht, suchen sie in den alten Bahnstationen und Waggons Schutz. Aber wenn du keinen Schutz findest ..." Sie streckte die Zunge heraus, kniff die Augen zusammen und machte Würgegeräusche.

„Ist klar", sagte Darko. In seinem Kopf drehte sich das Wort *Draisine*, das er nie zuvor gehört hatte. Fragen wollte er nicht, vermutete aber, es müsse sich um ein Schienengefährt handeln.

„Ich nehme an, du bist ein gut behüteter Junge, so wie du aussiehst, und warst nie viel draußen im Wind."

Darko sagte nichts, doch Zofias Unterstellung traf ihn so heftig, dass eine Träne über seine linke Wange rann, die er mit dem Ärmel gleich wegwischte. Er versuchte, seine gesamte Aufmerksamkeit gegen dieses Würgegefühl zu richten, und konzentrierte sich auf ein rostrotes Chassis, das auf den Schienen stand und stabil wirkte. Dahin wollte er gehen, zu diesem Wagen; er wollte versuchen, ihn anzuschieben, sehen, was passierte, wenn man so ein Gefährt auf dem Gleisstrang bewegte. Wägen geschoben hatte er ja schon, unzählige Male war er den Harten Rücken hinauf unterwegs gewesen mit einem Leiterwagen voller Nahrungsmittel. Was für eine Frechheit, dass diese Zofia mit ihrer Narbe meinte, er sei nicht imstande, mit dem Wind zu gehen.

„Nein", sagte Darko.

„Was *nein*?"

Sein Blick hing noch immer an den Gleisen. „Gehst du nie da runter?"

„Lange nicht mehr."

„Ich möchte da hin."

„Du kannst bleiben, solange du willst, und dir das alles anschauen. Aber runter gehst du mir nicht."

„Warum? Es ist niemand unten. Warum ist niemand da bei windstillem Wetter?"

„Sie sind schon da, keine Sorge."

„Ich werde jetzt nach Hause gehen", sagte Darko und machte ein paar Schritte zurück.

„Wie heißt du eigentlich?", fragte die Frau und wühlte in ihrer Hosentasche.

„Tiberius."

„Schöner Name", sagte sie, „wenn auch ungewöhnlich, habe ich noch nie gehört. Mir scheint, deine Vorfahren sind auch von irgendeinem längst vergessenen Teil der Welt hierhergekommen."

Er ließ seinen Blick noch einmal über die Gleisland-schaft gleiten, versuchte, irgendeinen Menschen auszu-machen. Niemand.

„Also, Tiberius, sag niemandem, dass ich hier woh-ne." Sie machte einen großen Schritt auf ihn zu. Er nahm den süßlichen Geruch wieder wahr. „Absolut nieman-dem, hörst du?"

Er lachte; er fand den Klang von *Tiberius* zu ko-misch.

„Du findest das amüsant, wie? Sag es, sag es, dass du es niemandem erzählen wirst."

„Das werde ich machen", sagte er, „also nicht ma-chen, ich werde niemandem sagen, dass ich dich getrof-fen habe."

Sie stellte sich nach vorne an die Brüstung. „Weißt du, wie man so etwas nennt?", fragte sie.

„Was denn?"

„Französischer Balkon", sagte sie.

Darko nickte.

„Ein Balkon, der eigentlich keiner ist, aber von hier oben hast du einen guten Überblick."

„Wenn man die Lok anheizt", sagte Darko leise, den Rest dachte er: dann wird sie Kraft genug entwi-ckeln, um das morsche Holz aus dem Weg zu räumen. Wenn der Wind den Häusern nichts anhaben kann, weshalb sollten dann die Züge nicht fahren können. Nichts von alledem kam ihm logisch vor. Der Mensch konnte sich gegen den Wind stemmen, zumindest bis zu einer gewissen Windstärke, Häuser konnten sich gegen den Wind stemmen, bei jeder Stärke, und Lo-komotiven, die ihm wie kohlebetriebene Häuser vorkamen, wie gut mussten sie erst gegen den Wind ankommen ...

„Diese Maschinen", sagte Zofia, „sie stinken wie der Teufel."

„Wie die Elektrizität", sagte Darko.

„Ich wette, ihr habt Elektrizität auf eurem Kerzenmarkt."

„Hin und wieder. Hast du einmal eine Lok fahren gesehen?"

„Ja, sie ist tatsächlich einmal ein Stück gefahren, aber das wars auch schon. Gibt es in der Stadt nicht ein paar Gleichaltrige für dich?"

„Nein", behauptete Darko, „die gibt es nicht."

„Die Sonne tut richtig gut", sagte sie unvermittelt. „Wenn du jetzt nicht gekommen wärst, hätte ich sie womöglich versäumt, und das, obwohl es ewig her ist, seit wir den letzten solchen Tag erlebt haben."

Darko drehte den Kopf zur Seite und blickte ihr ins Gesicht. Ihre Wangen waren mit braunen und roten Punkten überzogen, ihre Augenbrauen dick und pelzig.

„Danke für den Ausblick", sagte er.

„Wirst du jetzt versuchen, da runterzugehen?"

„Ich glaube nicht. Nicht heute."

Als er durch das Loch im Portal nach draußen schlüpfte, hielt sie ihn am Arm fest.

„Tiberius, warte", sagte sie, und als er sie ansah, legte sie beschwörend ihren Zeigefinger auf die Lippen, was ihn zum Lachen brachte. Es sah grotesk aus: ihr ernster Gesichtsausdruck, wodurch ihre Nase ein Stück tiefer rutschte, sodass sie ihre Oberlippe verschattete.

„Lass es sein."

„Ich lasse es sein", versprach Darko.

„Du spinnst ganz schön", rief sie ihm nach. „Ich sollte dich hier gefangen halten, sonst verrätst du mich noch."

Er schüttelte den Kopf. Die Sonne stach ihm ins Gesicht, er fand, nach einem Maitag war der Wind eine gute Abwechslung. So exponiert kam er sich vor unter der Sonne, so ohne Dach. Der Wind beschützte ihn, und vor allem schützte er Zofia. Wer wusste, wer sonst aller käme, wer diese große, schwere Bahnhofstür mit ihren pechschwarzen Fugen aus ihren Angeln heben würde.

Allmählich begann Darko der Hunger zu quälen, was ihn zu der Überlegung brachte, ob er noch weiter aus der Stadt gehen und die nahen Wälder nach Pilzen absuchen sollte. Allein hatte er das noch nie gemacht, doch die Plätze kannte er von den gemeinsamen Touren mit Silvia. Er schaute zurück nach oben zu den Fenstern des Bahnhofsgebäudes, wo er Zofia nirgendwo erkennen konnte. Ohne jeden Zweifel aber würde sie ihn sehen, sobald er auf die Gleise stieg, wenn sie von ihrem Französischen Balkon herunterschaute. Eigentlich konnte es ihm egal sein, aber ihm war verdammt noch mal mulmig dabei zumute, sein Versprechen zu brechen. Woher sie wohl diese riesengroße Narbe hatte?

Siebtes Kapitel
In dem man sich einer Freundschaft erinnert
und der Mond besungen wird

Dass Darko der einzige Esser in ihrem Horizont, in ihrem Haus und womöglich am ganzen Kerzenmarkt war,
brachte Silvia regelmäßig in die Bredouille. Dabei sah
sie ihm gerne zu, wenn er Erdäpfel in sich hineinstopfte
und aus Gläsern mit eingelegten Früchten löffelte. Sie
achtete sehr darauf, dass es keine Gerüche gab. An den
windstillen Tagen konnte sie Darko hinaufschicken, um
die Abfälle wegzuwerfen. Was hatte sie mit ihm schimp-
fen müssen, bis er keine Karottenschalen, Apfelbutzen,
Salatblätter mehr verlor am Gang. Die Entsorgung seiner Fäkalkübel und Harnflaschen blieb an ihr hängen.
Die leerte sie in das Loch im Keller, wo auch die Kaffee-
trinker hingingen. Es stank erbärmlich, doch niemand
sagte etwas, weil es zu viele Heimliche hintrieb. Dort
Essensreste zu entsorgen, wäre trotzdem zu riskant gewesen; das Loch war klein, und die darunterliegenden
Schächte klärte nur der Regen, der oft über Zeiten nicht
kam.

Blieb das Wetter zu lange extrem, war es an ihr, zu
überlegen, wohin mit den Abfällen. Sie klaubte die
Schalen, die Stängel, die Knochen, die Kerne zusammen und schlug sie in getrocknete Blätter ein, legte sie
in ein Fass und streute Kalk darüber. Wenn die Winde
wieder mild waren, rollte sie zusammen mit Darko das
Fass hinunter in die untere Stadt zu einer Senke, in die

Abfälle geschüttet wurden und die noch mehr stank als das Loch in ihrem Keller.

Eine weit größere Sorge als die Entsorgung war aber das Beschaffen von Nahrung. In ihren schlimmsten Vorstellungen malte sie sich aus, wie Darko abmagerte und verhungerte. Niemand konnte wissen, wann sie an einer der Ausgabestellen am Schwarzbach wieder an Kraut, Rüben, Karotten, Erdäpfel kam und womit sie es begleichen sollte. Ein toter Hase, ein Reh waren viel zu gefährlich. So etwas fand man nicht so einfach. Als Darko noch kleiner war, hatte sie bei den Bauern am Schwarzbach im Austausch gegen seine Verköstigung mitgeholfen. Die Familie, die jenseits der Flussbiegung das Sagen hatte, machte die Einteilung der Dienste für die Rübenäcker und die unterirdischen Pilzkulturen und achtete darauf, dass alle, die nicht dort wohnten, in den Dämmerschichten arbeiteten. Silvia musste Darko dann mitnehmen, weil sie es an manchen Tagen, an denen der Wind zu stark wurde, nach Einbruch der Dunkelheit nicht mehr nach Hause schaffte. Würde sie der Wind eines Tages erschlagen, dann zumindest sie beide und das Kind müsste nicht verhungern. Es war weniger Feindseligkeit, die Silvia in der Schwarzbach-Mulde lernte, als Härte. Wer Essen beschaffen musste, tat alles dafür. Da gab es keinen Kompromiss. Einige Bauern, die selbst niemanden mehr zu versorgen hatten, aber gemeinsam im Besitz eines ganzen Uferabschnitts waren, ließen Eltern ihre Felder bestellen. Einen Teil durften sie behalten, einen Teil mussten sie abliefern in einen Schüttkasten, einen riesigen Getreidespeicher. Mit dem, was die Bauern aus dem Verkauf ihres Teils einnahmen, bauten sie eine Werkstatt aus, boten Reparaturen an und waren bis in die obere Stadt hinauf gut gebucht. Wer dringend etwas brauchte, konnte in die Werkstatt kommen, es kaufen oder ein Tauschgeschäft eingehen und so Ziegel, Nägel und Holzlatten bekommen. Darko wünschte sehnlichst, diese Werkstatt zu sehen, in der er sich ein ständiges Pochen und Hämmern vorstellte.

Nach einem Maitag hatte Silvia ein Dutzend Dämmerschichten, als ein Sturm ins Tal hereinkam. Weil sie zuhinterst am Waldrand pflügte, hatte sie es zu lange nicht bemerkt und war allein mit Darko, als die erste heftige Böe zuschlug. Darko lief mit einem halbvollen Kübel in der Hand vor ihr ein Stück in den Wald hinein und dann weiter, den Bach hinunter, bis zu einem großen Haus, das sie beide kannten. Die Vančuras, die darin wohnten, hatten ein freies Bett. Eliška und ihr Mann Tibor unterhielten gute Beziehungen zu den anderen Gemüsebauern am Stadtrand, auch zu den Werkstattbauern, weil sie mit Saatgut handelten. Eliška kam gelegentlich auf die Felder und brachte warmes Wasser zum Händewaschen. Auch an diesem Abend, als der Sturm sie überrascht hatte, stellte Eliška den beiden Gästen einen Kübel mit trüber Brühe vor die Füße. „Wir haben uns schon gewaschen, aber es taugt noch." Als Silvias schwielige Hände im Wasser steckten, lief ein elektrischer Schauer durch ihren Körper. Am Kerzenmarkt hatte es lange kein warmes Wasser mehr gegeben. Schaufelstiele, sagte Eliška, seien nicht für Menschenhände gemacht; Silvia solle sich nach der Arbeit die Hände einfetten, am besten nächstes Mal Handschuhe tragen.

Am Kerzenmarkt, lachte Silvia, seien keine Handschuhe aufzutreiben, nirgendwo in der oberen Stadt, vielleicht im Lager des Elektrizitätswerks, aber nein, dort habe niemand je schmutzige Hände gehabt.

Eliška lächelte und meinte, sie habe Handschuhe übrig, ebenso besitze sie einen ganzen Bottich mit Fett, von dem sie gerne etwas abgebe.

Die Villa war riesengroß, Darko flüsterte, sie komme ihm vor wie ihr ganzes Wohnhaus am Kerzenmarkt, nur dass es dort nicht so viele Möbel mit schönen Stoffen, weiße Tischtücher, Fächer voll mit Figürchen aus Keramik, silberne Teller und Bilder an den Wänden gab. Es waren Gemälde von allen möglichen Menschen, oft mehreren auf einem, mit Gegenständen in den Händen, Pflanzen, Büchern oder Pfeifen, sie klapperten in ihren Rahmen, wenn der Wind gegen die Wände stampfte. Silvia und Darko verbrachten die Nacht in einem großen Bett in einem Zimmer im ersten Stock, in dicke Decken gehüllt, und trotz des anschwellenden Sturms schlief Silvia so tief wie lange nicht mehr.

Nach Ende der nächsten Dämmerschicht waren die beiden erneut zu Gast in der Villa Vančura. Während die Kinder Erdäpfelpüree aßen, steckten die Erwachsenen ihre Hände und Füße in Bottiche mit warmem Wasser, um sich zu erholen. Eliška lehnte sich in ihrem Sessel zurück, bis Silvia es ihr gleichtat. Das Löffelklappern der Kinder, die sich ihre Bäuche vollschlugen, beruhigte sie. Als sie fertig gegessen hatten, versammelte Tibor die Kinder im Wohnzimmer. Er las ihnen vor und Silvia und Eliška blieben ruhig, um ebenso den Geschichten zu lauschen. Die Abende waren nie lang – am Schwarzbach gab es keinen Strom –, weshalb man früh zu Bett ging. Im Gästezimmer lag ein weißes Nachthemd aus Baumwolle für Silvia bereit. Es fühlte sich kühl und weich an. Darko galoppierte mit einem Holzpferdchen über die Laken. Ob er das überhaupt aufs Gästezimmer habe mitnehmen dürfen, fragte Silvia.

Die anderen Kinder hätten es ihm erlaubt; es heiße Mütz und könne sprechen.

Silvia ließ ihre Finger über Darkos Kopf gleiten, betrachtete das hölzerne Pferd und bemerkte, dass es Sattel und Zaumzeug aufgemalt hatte.

„Mütz kann über Gräben und Flüsse springen", flüsterte Darko und hob das Holzpferd vor ihr Gesicht.

„Über den Schwarzbach?", fragte Silvia.

„Über den Schwarzbach, den Zitterbach, die Elbe, die Moldau, die Donau, die March."

„Wie du dir das alles merkst", sagte sie und hob gähnend die Decke, unter die Darko gleich Mütz galoppieren ließ, ehe sie ins Bett stieg. Das Leintuch war so fest gespannt, dass es keine einzige Falte hatte. Silvia spürte es kühl an ihren Oberschenkeln.

„Putz dir die Füße ab, bevor du ins Bett kommst."

„Mütz sagt, er schafft es ohne Pause bis Prag." Darko machte erneut knapp vor ihrem Gesicht Halt und schnaubte für das Pferd, sodass Silvia Tröpfchen seiner Spucke auf ihren Wangen spürte. Dann kletterte er, ohne die staubigen Füße abzuwischen, ins Bett und hinterließ graue Abdrücke, die Silvia gleich wegklopfte.

Einige Übernachtungen bei den Vančuras später hörte Silvia Darkos Füße im Stockwerk über ihr mit denen der anderen Kinder um die Betten trippeln und schlief allein im Gästezimmer ein.

Nie kamen die Vančuras zu ihnen auf den Kerzenmarkt, doch Silvia und Darko blieben nun nach jeder Dämmerschicht in ihrer Villa. Die Übernachtungen mehrten sich in den wärmeren Zeiten und dünnten aus in den kälteren, wenn die Felder meistens brachlagen und nur Verzweifelte nach Erdäpfeln suchten, die die Erntearbeiterinnen übersehen hatten. Vor der Kälte zog Silvia jeden Tag zwischen den Windböen einen abgedeckten Leiterwagen mit ihren Ernteanteilen die Straße über den Harten Rücken hinauf. Darko half ihr beim Einlagern der Gelben und Roten Rüben, der Krauthäupter, der Erdäpfel, Karotten, Zwiebeln, Sellerieknollen, Schwarzwurzeln und Äpfel. In den ganz tiefen Kellern am Kerzenmarkt war es zu feucht zum Wohnen, in manchen stand das Wasser knöcheltief. Trotzdem hatte Silvia sich einen dieser Räume als Lager erstreiten müssen gegen die Vorwürfe, sie züchte Ungeziefer heran, füttere Ratten, bringe Schimmel und Fäulnis mit den Ackerfrüchten ins Haus.

Die Vančuras fehlten ihnen, während die eisigen Winde zwischen den Häusern durchfegten, während niemand freiwillig einen Schritt vor die Tür setzte und Silvia wieder ins Elektrizitätswerk ging. Ihr Schaltraum dort war ihr noch immer eine gute Zuflucht. Darko durfte sie dorthin nicht mitnehmen; zu gefährlich, hieß es. Sie wusste, dass das Unsinn war. Öfter als ihr lieb war, dachte Silvia an die Freunde, fragte sich, wie das Leben in der Villa in der Kälte ablief. Überlegte, während sie von ihrem Haus über enge Gänge in ihr Essenslager unter dem Kerzenmarkt schlich, an der schlecht beleuchteten alten Kaschemme und verrosteten Gittertüren vorbei, wie ein Mensch unten am Schwarzbach den langen kalten Sturm überstehen konnte. In den Zeiten, in denen sie nicht einmal in die oberen Horizonte kam, nur mit Widerwillen unterirdisch durch die Kellergänge bis zur Elektrizität ging, verlor sie das Gefühl für Tag und Nacht, für Wetter und Wind. Sie schlief viel, wachte aus wirren Träumen auf, von einer abendlichen Lesestunde bei den Vančuras, in der Eliškas Hände zu wachsen begannen, was nur ihr aufzufallen schien, wuchsen, bis sie an ihr Kinn heranreichten, sie auf ihrem Sessel verschoben, sich in die Wand bohrten, ihr die Kehle abdrückten. Von einer Einwohnerversammlung, in der aus heiterem Himmel Erdäpfelpüree herumgereicht und gegessen wurde, bis sie selbst aus einer Schüssel einen gehäuften Löffel herausschaufelte, in den Mund schob und das Warme, Erdige der Erdäpfel schmeckte. Von einer Plauderei mit Etel am Gang, während sich in Etels Gesicht kleine Käfer ausbreiteten, die ihr aus Mund, Nase, Augen und Haaren krochen. Von einem dunklen, harten Raum, bei dem sie feststellte, dass es der Sarkophag des Kardinals war, in dem sie um sich tastend die Hände, den Brustkorb, das verrutschte Birett, das mit rauem Faden bestickte Talar des Mannes spürte.

Nach der Zeit der kalten Winde, als sie die Vančuras wiedersahen, ging das Opernhaus für kurze Zeit in Betrieb. Am Kerzenmarkt kursierte das Gerücht, die Bürgermeisterin versuche, etwas auf die Beine zu stellen. Welche Bürgermeisterin?, hatte Silvia gehört am Gang, in spöttischen Tönen, es gebe doch lange keine mehr. Wenn jemand das Wort aussprach, dann nur mit geblähter Lippe oder mit lauten Schnaufern. In der Tat hatte auch Silvia noch nie die Bürgermeisterin gesehen. Sie solle im Erkerhaus wohnen, hieß es. Doch dort wohnte jene Frau, die Silvia als Kind getroffen hatte, derentwegen sie in die Stadt ziehen wollte, deren Wohnung sie haben wollte. War sie die Bürgermeisterin? Hatte Silvia als Kind die Bürgermeisterin getroffen? Das würde die Tritte für ihr unbotmäßiges Verhalten erklären. Dennoch war sie dieser Bürgermeisterin oder Nicht-Bürgermeisterin dankbar, dass sie sie auf den richtigen Weg geführt hatte. Und endlich, vielleicht dank ihr, gab es jetzt auch ein bisschen Demimonde.

Von den Vančuras hörte Silvia, die Bürgermeisterin bemühe sich schon länger um die Wiederbelebung des Opernhauses. Seit Zeiten sammle sie Schauspieler und Sänger zusammen, schicke Botschaften hierhin und dahin, um an Musiker zu kommen, und letztlich sei es ihr gelungen, einen wahrhaftigen Dirigenten aufzutreiben, der die Sache dann beschleunigt habe. Sie sei wohl nicht nur ein Mysterium, sondern auch kultiviert.

Die Gerüchte hielten sich, florierten in diesen Tagen, sodass Leute im Haus zusammenstanden und diskutierten. Hermann sang sogar mit brüchiger Stimme ein Lied, ein altes Volkslied, *Kein schöner Land*.

Silvia hatte in Erfahrung gebracht, wann gespielt werden sollte, und sich mit den Vančuras für eine Aufführung von Janáčeks *Die Ausflüge des Herrn Brouček* verabredet. Die Kinder sollten mitkommen bis ins Foyer; in den Saal durfte nur, wer den Ausgleich hinter sich hatte. Darko und Susanna Vančura wurden als Älteste von den Erwachsenen dafür verantwortlich gemacht, die Kleinen während der Vorführung zu hüten. Darko gefiel der Gedanke überhaupt nicht, zumal noch vier, fünf andere Kinder von Schwarzbach-Familien herumschwirrten, die ihn womöglich davon abhalten würden, der Aufführung zu lauschen.

Kurz bevor sich die rotsamtigen, metallumrahmten Türen schlossen, konnten sie gerade noch sehen, wie die Erwachsenen andächtig auf ihren Stühlen saßen. Aufgeregt und enttäuscht standen sie da, bis die Musik einsetzte. Dann trugen die Orchesterklänge und die Gesänge reichlich ungeübter Stimmen – drei, vier Mal musste unterbrochen und neu eingesetzt werden –, Herrn Broučeks Eskapaden durch die Ritzen und Spalten heraus. Darko und Susanna hatten keine Mühe, die Kleinen im Zaum zu halten, die ebenso wie sie beide nichts anderes wollten, als der Musik möglichst nah zu sein. Selbst die Jüngsten lagen mit ausgestreckten Beinen und Armen am Boden und lauschten jedem Takt. Als sich die Türen wieder geöffnet hatten und die Erwachsenen aus dem mit Gemurmel und Gelächter erfüllten Saal traten, hatten sie den Kindern die Handlung zu erklären. Sie beschränkten sich auf die fantastischen Details: dass Herr Brouček, ein missmutiger dicklicher Mann, auf den Mond gereist sei, dass er dort die Mondmenschen getroffen habe, dass er auch durch die Zeit gereist sei, dass er dort eine Gruppe Religiöser, die sich Hussiten nannten, getroffen habe. Ständig redete der Jüngste der Vančuras, Eliáš, drein und wollte wissen, wie es möglich sei, dass Herr Brouček auf dem Mond spazieren gehen könne. Ob es auf dem Mond nicht Winde gebe, starke Winde, weil der Mond so weit weg sei. Jeder dachte doch, dass es überall noch mehr Wind gebe als in ihrer Stadt, da musste man kein Kind sein. Doch nein, auf dem Mond sei es windstill, still von allem, keine Tromben, keine Brise. Ob es auf dem Mond kalt oder warm sei, fragte Eliáš. Kühl, gelegentlich auch kalt. Ob die Menschen auf dem Mond in Häusern lebten, denn von der Erde aus seien keine zu sehen. In Häusern, aber auch in Höhlen; die Erde sei zu weit entfernt, um etwas zu sehen.

Eliáš erzählte unablässig davon, was noch alles auf dem Mond existiere, dass es dort hohe Pflanzen gebe, vor denen man sich in Acht nehmen müsse, weil sie in klaren Nächten austrieben, ihre Triebe so hoch wüchsen, so hoch er zeigen konnte, die man natürlich von der Erde aus nicht sehen könne, weil viel zu weit entfernt, er aber könne, kneife er die Augen zusammen, eine sehen. Dabei quiekte er auf, sprang in die Höhe, streckte seinen Oberkörper und seine Hände. Die Blüten seien gefährlich, das kalte Mondlicht mache sie giftig, um nicht zu sagen: tödlich!, dabei verzog er das Gesicht. Vor der Tür donnerte der Wind; Darko, der Eliáš in die Höhe hob, damit er zeigen konnte, wie hoch die Pflanzen austrieben, zuckte zusammen. Natürlich sei Herrn Brouček auch der Mondsee aufgefallen, in den wäre er fast hineingestürzt. Darko drehte das Kind kopfüber, hielt es fest an der Hüfte. Eliáš Gequieke war lauter als das nervöse Klappern der Fensterläden. „Herr Brouček", prustete er und spuckte beim *sch* einen Sprühregen kleiner Bläschen auf Darkos Füße, „Herr Brouček lebt sehr gefährlich auf dem Mond, aber trotzdem will er nicht mehr weg."

„Warum?", fragte Eliška.

„Weil, weil ..." Eliáš fiel schnell etwas ein dazu. „Weil ... weil es dort nur Licht und Sand gibt und man immer klare Sicht hat. Sand!", schrie Eliáš. „Und Licht, Sand", er ging in die Knie, streckte die Hände in die Höhe und tat so, als ränne ihm der Sand aus den geschlossenen Fäusten. Susanna rutschte zwischen seine Knie und zischte: „Sand, so viel Sand." Darko fand das amüsant und kicherte in sich hinein. Die Erwachsenen drehten sich weg.

Als der Kleine sich schließlich müde am Boden herumwälzte, nur mehr wenig sagte, Karolina, die Nächstältere, ihren Daumen in seinen Mund steckte und auch ihr die Augen zufielen, rückten Susanna und Darko zusammen. Sie meinten zunächst, Hunger zu haben, wegen des Ziehens im Magen, dabei hatten sie gerade erst gegessen. Darko stotterte ein wenig herum, Susanna zeichnete auf einem Stück Papier, Darko nahm sich auch ein Blatt und begann, etwas darauf zu kritzeln.

Sie meinte, sie versuche eine Zeitmaschine, denn eine Zeitmaschine sei die beste Lösung. Würde sie eine Oper schreiben, dann würde sie so einen Herrn Brouček in eine Zeit schicken, in der es keine Winde und auch sonst keine Gefahren gebe. Das sei doch die Lösung für alles, denn die Winde habe es in der Vergangenheit, bis Mendel, nicht gegeben. Davon hatte Darko gehört, auch wenn er nicht wusste, von wem. Es war eine dieser Tatsachen, die in der Luft lagen, die manchmal jemand in Sätze einstreute, bis man sie auch selbst einmal in einen Satz einstreute. Die Winde kamen nach Mendel. Punkt.

Die Kleinen strampelten noch ein wenig am Boden, kämpften gegen die Müdigkeit, gaben allmählich auf. Darko spürte das komische Ziehen nun bis in die Beine, außerdem war sein Hals trocken. Susanna ging es wohl ähnlich, nur redete sie dagegen an. Das konnte kein Hunger sein, wurde ihm klar, doch sprach er nichts davon aus. Darko wusste nicht, was er zeichnen sollte. Eine Kerze, einen seltsam dicklichen Mann, einen Hund. Er ließ seine Hand tun und spürte in seinem Kopf ein Kribbeln, viele Gedanken gleichzeitig. „Die Musik ist Vor-Wind", sagte Susanna, „die Häuser sind Vor-Wind, unseres, eures. Und der Herr Brouček, Vor-Wind. Wie sollte denn je so eine seltsame Rakete, ein Kessel von einem heißen Ofen, in die Luft steigen können, den würde doch die nächste Trombe gleich mitreißen."

„Und unsere Namen", sagte Darko, „auch Vor-Wind?"

„Alles. Mein Vater zum Beispiel, Tibor. Das war der Name eines Flusses der Römer, eines alten Volkes im Süden. Tiberius. Siehst du, sein Name ist Vor-Wind. Denn als diese Römer lebten, gab es Straßen, die von ihrer Hauptstadt an alle möglichen Orte führten, bis zu uns."

„Und Gleise?"

„Vielleicht. Aber auf jeden Fall Straßen und Flüsse, auf denen sie reisten. Sie nannten ihre Kinder nach Straßen und Flüssen. Und weil ihr wichtigster Fluss, der durch ihre Hauptstadt ging, der Tiber war, nannten viele ihre Söhne Tiberius."

Darko zeichnete Linien auf seinem Papier. Von Flüssen hatte er viel gehört.

„Alle Namen Vor-Wind", sagte Susanna.

„Und da bist du dir sicher?"

„Absolut sicher."

Eliška wärmte in der Küche große Steine auf dem Ofen, die sie in Tücher wickelte und mit Tibors Hilfe durch das Zimmer wuchtete. Nebeneinander saßen alle drei mit den Rücken an den dunklen Monolithen, wie aufgefädelt, und machten gelegentlich einen Laut, der am ehesten wie ein Murren klang – bis Tibor aufsprang und sich nach vorne und hinten durchbog.

„Tut es wieder weh?", fragte Eliška.

Tibor verzog das Gesicht, stolperte einige Schritte rückwärts und stieß das aufgestapelte schmutzige Geschirr der Kinder um, das scheppernd zusammenkrachte.

„Sein Rücken ist kaputt von der Schlepperei", sagte Eliška.

Silvia beugte sich vor; ihr fiel auf, dass sie schwitzte. Ein paar Tropfen lösten sich unter den Achseln und rannen ihr den Oberkörper hinab. Ob das gut war? Bei der Arbeit schwitzte sie selten.

Tibor bog sich noch immer durch. Silvia beobachtete, wie er sich stehend mühte und in einem Buch zu blättern begann, das an einer Schlaufe neben der Tür hing. Der Stein war ganz schön heiß, so heiß, dass Silvia ein Kratzen das Steißbein herauf spürte. Vielleicht, dachte sie, ist diese Wärme nicht gut, vielleicht öffnet sie alle Wehwehchen, die wir angesammelt haben. Sie beobachtete Tibor, der in dem Buch etwas suchte, dann Eliška fragte, ob sie noch wisse, wann er den Bauern von den Feldern im Osten treffen wollte. Eliška überlegte kurz und verneinte. Da verließ er den Raum.

„Was hat er vor?", fragte Silvia und schämte sich sogleich, so neugierig zu sein. Was ging es sie denn an?

Eliška aber räkelte sich an ihrem Stein und befand: „Keine Ahnung. Immer wenn wir uns hier entspannen, fallen ihm Arbeitsdinge ein. Aber sieh doch nach?"

Silvia erschrak. War das nun zynisch gemeint? Sie spürte Eliškas Hand auf der ihren.

„Du kannst das auch nicht, oder? Ich habe es schon gemerkt, du denkst immer nach, nicht?"

„Ja", sagte Silvia.

„Steh ruhig auf", meinte Eliška, „und sag ihm bitte, er soll nichts tragen, solange sein Rücken weh tut."

Silvia trat in die Nacht hinaus. Die Sterne wirkten ferner als in anderen klaren Nächten. Die Tür zum Saatgutspeicher stand offen.

„Der heiße Stein ist noch schlimmer als die Kälte", erklärte Tibor lächelnd, als er sie sah. Im Saatgutspeicher gab es eine elektrische Leuchte, die mit einem Generator betrieben wurde, den die Vančuras gegen Saatgut eingetauscht hatten. Die Lampe flackerte.

„Als Nächstes verlege ich die Leitungen ins Haus", Tibor suchte etwas zwischen den Kisten, „dazu fehlt mir nur noch das Material. Wird das bei euch am Markt verkauft?"

„Ich fürchte, nein. Edison-Lampen habe ich gesehen."

„Was macht ihr, wenn ihr etwas reparieren müsst?"

„Da gibt es ein Lager, das die Hausvorsteherin hütet."

Tibor nickte. Seine Gesichtszüge erschienen Silvia hart und schön; seine Bartstoppeln gaben ihm ein raues Antlitz. Es roch nach Erdäpfeln. Er nahm eine Karotte aus einem Bottich, putzte sie und legte sie in einen Kübel. Silvia nahm auch eine. Unter der Decke hingen alte Spinnennetze, die sich im leichten Luftzug wie Baldachine bauschten. Dann legte Tibor alles aus der Hand, schob ein paar Möbel herum, zog einen Schlüssel aus der Tasche und sperrte damit eine Kellertür auf, die unter einer Anrichte verborgen war. Silvia nahm auf den Kisten Platz, bis er zurückkam. Er hatte eine Flasche in der Hand und ein spitzes Lächeln im Gesicht.

„Komm", bat er, „Eliška ist froh, wenn du da bist; wir sollten sie nicht länger allein lassen."

Er begrüßte Eliška mit genau diesem Lächeln, als Silvia und er das Haus betraten, küsste sie auf die Stirn. Silvia kannte diesen markanten Gesichtsausdruck aus Eliškas Erzählungen, die meinte, wenn er sie so ansehe, mild und spitzbübisch, dann habe sie dasselbe Gefühl wie damals, bevor sie Kinder bekommen hätten. Dann könne es vorkommen, dass sie ihn die Stiege hinaufschiebe und mit ihm allein sein wolle. Er sei, hatte Eliška einmal erzählt, ein stolzer Mensch, der jedes Mal, wenn er den letzten Heller auf einen Münzstapel lege, die Augen schließen und zufrieden durchatmen könne. Der aber auch ständig denke, plane und sich vor Arbeit nicht scheue.

Tibor schenkte auch Silvia ein wenig von diesem Lächeln und hielt den beiden Frauen die Flasche entgegen.

„Um Himmels willen, Tibor", sagte Eliška.

Es war still im Raum, die Gesichter wie versteinert.

„Ich habe mit so etwas kein Problem", sagte Silvia. Endlich ein wenig Demimonde, wenn auch nicht auf dem Kerzenmarkt.

„Nein", lachte Tibor und schüttelte den Kopf. „Ich will nichts trinken mit euch. Damit mache ich das Geschäft mit dem Bauern."

„Bist du verrückt", sagte Eliška. „Wir wissen nicht, wer dieser Mann ist."

„Das werde ich herausfinden. Aber er soll wissen, was man aus unseren Schwarzbach-Erdäpfeln machen kann."

„Seit wann machen wir solche Geschäfte?" Eliška reichte ihm die Hand und zog ihn zu sich.

Tibor kicherte. „Dann sollten wir sie trinken."

Silvia spürte, dass es nun ernst wurde, und bereute ihre Überschwänglichkeit. „Tibor", sagte sie zaghaft, „ist es denn ein scharfes Getränk, das vertrage ich nicht."

„Ist es nicht, du wirst erstaunt sein."

„Lass sie doch", meinte Eliška, und zu Silvia: „Du musst nicht trinken."

Doch Silvia trank, und schon der erste Schluck tat seine Wirkung, nicht nur bei ihr, auch bei Eliška und Tibor, denen das Destillat sogleich die Röte auf die Wangen trieb. Silvia hatte das Gefühl, in etwas sehr Privates vorgedrungen zu sein. Sie sprachen mit ihr, als sei sie ein Teil der Familie und von den Familiengeschäften. Der Bauer beschäftigte Tibor, er sei wohl einer von der anderen Seite des Waldes, wo man noch die Ausmaße der ganzen Unsinnigkeiten sehen könne. Dort sei er noch nie gewesen, aber er habe schon Lust, das einmal zu sehen. Österreicher, Russen, Franzosen und wie sie alle hießen seien einmal hier gewesen, um sich gegenseitig umzubringen, es scheine so weit weg, diese Menschen, diese Länder. Sie hätten ihre Leichen liegen gelassen unter blutend roter Sonne. So viele Leichen. Bauern wie der Mann, den Tibor erwartete, fanden sie, wenn sie ackerten, immer noch, ihre Helme und ihre Köpfe, unter der Erde.

Silvia wurde übel, so übel, dass sie sich die Hand vor den Mund hielt. Zu spät, zu spät, dachte sie und spürte es warm durch ihre Finger fließen.

Achtes Kapitel
In dem eine Hausversammlung aus dem Ruder läuft und befriedet wird

Weil sie so oft bei den Vančuras über Nacht blieben, wurde schließlich in einer Hausversammlung Silvias Wohnrecht infrage gestellt. Man bot ihr an, sie könne bleiben, müsse aber um zwei Horizonte höher ziehen und einer Älteren ihre Wohnung überlassen, eine der besseren Wohnungen, die denjenigen vorbehalten blieben, die wirklich vor Ort seien und sie nutzten.

Silvia wusste darauf nichts zu sagen. Zuerst hatte man ihre Arbeitskraft nicht benötigt – erst nachdem sie Darko aufgenommen hatte, waren ihr von der Hausgemeinschaft ständig Aufträge gegeben worden, die sie mit dem kleinen Kind kaum je zufriedenstellend erledigen konnte: sinnlose Botengänge in andere Häuser, Schadensprotokolle, Teppichreinigen, tägliche Kontrolle der Fensterscheiben in den Gängen. Und war es anfangs noch ein Tabu, sie wegen des Kindes direkt anzugreifen, geschah es umso schneller, dass man ihr das Wohnrecht genau deswegen absprach, ein Recht, das sie sich ersessen hatte. Etel kam dazu, als an einem Maitag, an dem Darko übermütig schreiend durch die Gänge gerannt und gestolpert war und einen der stummen Diener im Eingangsbereich umgestoßen hatte, ein Streit zwischen einem älteren Paar und Silvia eskaliert war. Der Mann hatte gefordert, das Kind solle eine Strafe bekommen, gleich und vor ihren Augen, im besten Fall Prügel für den Übermut. „Fünf, sechs Hiebe mit dem Gürtel“, hatte der Mann gesagt. Silvia spuckte ihm ins Gesicht, ihr Auswurf tropfte hinunter auf seine spitzen, ledernen Schuhe. Ebendiesem Mann widersprach trotz seines Verlangens nach Gewalt niemand, als er in einer Hausversammlung Mutter und Kind hinauswerfen wollte.

„Es stinkt“, sagte der Mann.

„Was stinkt?“, rief jemand aus der Menge.

„Ihr Kind, es stinkt, nach Fressen und Ausscheidung.“

Einigen gefiel das, vereinzelt war zustimmender Applaus zu hören, nur konnte Silvia nicht sehen, von wem, da klatschte die Hausvorsteherin in die Hände, aber nur einmal, sehr fest und nicht zustimmend. „Das reicht, so reden wir hier nicht miteinander.“

„Sie hat ein Kind, und dort unten am Schwarzbach geht es Leuten mit Kindern gut“, mischte sich eine Frau aus der ersten Reihe ein, die Silvia noch nie vorher durch eine Wortmeldung aufgefallen wäre, „außerdem wohnt sie ohnehin schon meistens dort.“

„Das stimmt nicht“, verteidigte sich Silvia. „Ich lebe hier und arbeite dort, und in der Elektrizität.“

„Wir arbeiten alle hier.“

Endlich entdeckte Silvia Etel, ein Dutzend Reihen weiter vorne. Ihr roter Schopf leuchtete zwischen den Rücken hindurch und erinnerte Silvia an ihre Mutter, die ebenso flammendes Haar hatte, nur nicht so wild durcheinander, sondern meist in fettigen Strähnen am Kopf anliegend.

Silvia war, während über sie diskutiert wurde, wie weggetreten. Sie fixierte Etel, die still dasaß und zuhörte. Zwar mäßigten sich alle Diskutanten im Ton, doch was sie alles an Unterstellungen hervorbrachten, war nicht weniger verletzend. Silvia locke Ungeziefer ins Haus mit den Abfällen – die Ratten würden sich schon in Stellung bringen; bald würden ihre Köttel am Gang liegen, bald ihre Jungen in den Wänden fiepen.

„Schluss!", brüllte plötzlich Etel. „Schluss damit, oder ich zähle euch einzeln all eure Verfehlungen auf! Ihr wisst ganz genau, was ich meine, und jeder ist betroffen, jede und jeder!" Ihre Sitznachbarin zuckte zusammen, in der ersten Reihe räusperte sich jemand auffällig laut.

„Ja, ja", sagte Etel, „ich höre jetzt gewiss nicht auf, ich weiß genau, dass es hier welche gibt, die vor dem Ausgleich hergezogen sind, oder dass heimliche Esser umgehen. Ja, ja, die große, viel beschworene Gier. Es gibt sie auch hier in diesen vier Wänden! Oder wisst ihr nicht, dass eure Fressnester die Ratten schon längst in die unteren Gänge gelockt haben? Soll ich eine Ratte heraufholen, wollt ihr eine streicheln? Ich weiß, wo sie sind, ich weiß es ganz genau."

Es wurde drückend still im Saal, der Räusperer wagte keinen Mucks mehr, nur der keuchende Atem Einzelner aus von Staub und Feuchtigkeit angegriffenen Lungen ging auf und ab.

Etel geriet in Rage: „Außerdem weiß ich auch, wer zum Kellerloch geht, um sich zu erleichtern. Jedes Mal, wenn der Regen ausbleibt, stinkt es bis in die Gänge herauf! Ich weiß, dass ihr heimlich, still und leise in eure Wohnungen schleicht und Angst habt, es könnte euch jemand riechen. Wir alle wissen es! Ich kann es auch jederzeit aussprechen! Ich kann die Namen jederzeit sagen. Das werde ich auch tun, jetzt, sofort ..."

Etel redete weiter – von nicht genehmigten Wohnungstauschgeschäften, von langen Abwesenheiten, die vertuscht wurden, von aufgenommenen Verwandten oder Liebschaften untereinander, die penibel versteckt wurden –, ohne einen Namen zu nennen, obwohl sie das immer wieder androhte. Die Hausbewohner saßen versteinert auf ihren Stühlen, die Blicke nach vorn oder zu Boden gerichtet, besorgt allein um ihre Geheimnisse.

„Gut", sagte die Hausvorsteherin mit sonorer Stimme, „dann lassen wir das jetzt? Oder hat jemand noch etwas dazu zu sagen?"

Den Mann, der Darko die Prügelstrafe gegönnt hätte, rief sie zu sich, er bekam den Kopf gewaschen. Jeder im Raum hätte noch gerne nachgetreten, schien es Silvia; nicht wegen ihr waren sie verärgert, sondern wegen dieses Dämlacks, der einen solchen Aufruhr losgetreten hatte und beinah ihre Geheimnisse ans Licht gebracht hätte, ihre kleinen Verfehlungen, ihre gelegentlichen Naschereien oder geschlechtlichen Eskapaden. Wen störte so etwas schon? Aber wissen musste es doch auch niemand, wer sich im Finsteren vergnügte. War es nicht der Wind, der sie in den Häusern hielt, war es nicht die Finsternis, die ihnen Schutz bot? Bot sie nicht jedem Schutz, der danach suchte? Die Finsternis war für einen, der nichts tun musste, ein Heilmittel. Es rauchte in den Köpfen, und in den folgenden Tagen gingen sie ihren heimlichen Gelüsten umso gieriger nach, in der Bestätigung, die sie durch das kurze Aufwallen erfahren hatten.

Silvia blieb wohnen, wo sie wohnte. Ab diesem Tag ging sie mit Darko an der Hand stolz durch die Gänge und nahm ihn zu jeder Versammlung mit, wo er gelangweilt neben ihr saß und mit den Füßen abwechselnd auf den Boden tappte.

Neuntes Kapitel
In dem die Toten reisen

Darko kicherte in sich hinein, als er vom Bahnhof den Berg hinaufstieg. Er rülpste laut und spürte einen schalen Geschmack, ein Ziehen vom Magen her, Hunger. Er durfte gar nicht daran denken, was er alles zu sich nehmen könnte.

Um den Brunnen herum stand eine Menschentraube. Die meisten Gesichter waren Darko bekannt, Silvia war nicht dabei. Von dem alten Paar, das immer noch am Brunnen kauerte, konnte er einen Fuß, eine Hand und einen Kopf durchblitzen sehen.

„Gibt es hier irgendjemanden, der für die beiden bürgt?", hörte er die Hausvorsteherin rufen und suchte mit den Augen den Helfer. Der wäre aus der Menge herausgestochen mit seiner Hünenhaftigkeit, aber anscheinend war er gegangen.

„Sie liegen auf unserer Seite des Brunnens, also sind wir für sie verantwortlich."

„Schieben wir sie rüber", murmelte jemand, wiederholte es lauter.

„Das wird nicht geschehen", brüllte die Hausvorsteherin.

„Dann ist es wohl oder übel unser Problem, oder wir lassen sie hier liegen, bis ... der Wind kommt", hörte Darko den Admiral, den Stiefelküsser, halblaut sagen.

„Die Wetterwarte sind noch am Werk, es müssen sich also andere Kräftige finden, die es erledigen. Ich kann das nicht mit meinen Beinen", meinte die Hausvorsteherin.

Vor Darko lichtete es sich rasch, die Gruppe dünnte aus, die Bewohner gingen in alle Richtungen davon, ihre Blicke zu Boden gerichtet oder einander schnell in ein Gespräch verwickelnd.

„He!", rief die Hausvorsteherin. Niemand reagierte darauf, man hörte die harten Schritte auf dem Pflaster. Der Stiefelküsser stand noch da, fühlte sich sicher, weil er schon zu alt und gebrechlich war, um Tote zu tragen.

„He", brüllte die Hausvorsteherin erneut, „he, he!"

Das beleibte Paar von ganz unten, die Freunde aus dem ersten Stock, die erst vor den letzten kalten Winden eingezogen waren und gerne viel redeten bei den Hausversammlungen, drängten sich an Darko vorbei.

„He, Elfriede, Hermann, ihr beide. Ihr sucht euch noch jemanden und tragt sie runter auf die Rampe."

Die beiden drehten sich zur Hausvorsteherin um. Elfriede war eine kaum auffällige Bewohnerin des untersten Horizonts, die jeder am Kerzenmarkt kannte, mit der aber selten gesprochen wurde; ihr dichtes, schwarzes Haar hing ihr immer ins Gesicht, vermutlich hatte noch nie jemand ihre Augen gesehen. Sie nickte recht deutlich Nein.

Hermann trug meist einen weißen Laborkittel und stutzte sich regelmäßig die Haare penibel, insgesamt eine gepflegte Erscheinung, er brummte zuerst Silben, die keinen Sinn ergaben. Dann wurde er laut: „Was? Wieso kannst du bestimmen, wer das macht? Warum muss ich?"

„Weil ich die Hausvorsteherin bin, kann ich das bestimmen, das weißt du, das liegt in meiner Zuständigkeit, so wie ich auch die Erste bin, die Umzugsvorschläge annimmt oder ablehnt. Und meine Periode endet erst, wenn ich selbst tot daliege. Ich kann es."

„Ich mache es nicht", antwortete Hermann, „es tut mir leid, nein."

Einige der Davongehenden hatten sich umgedreht und beäugten den Streit, ein seltenes Spektakel.

„Verflucht noch mal", setzte Hermann nach, drehte sich weg und ging in Richtung des Hauseingangs.

„Gut!", rief ihm die Hausvorsteherin nach. „Hermann, dann ...", sie hielt kurz inne, ehe es aus ihr herausplatzte: „Dann ist die Wohnung im zweiten Horizont hinfällig. Hinfällig, hast du gehört?"

„Das steht dir nicht zu."

„Doch. Ich kann sanktionieren. Das ist entschieden. Wenn es die Hygiene gebietet, dann kann ich das. Oder wollt ihr verwesende Leichen vor dem Eingang liegen haben, wenn der Wind zurückkommt?"

Die Wangen der Hausvorsteherin waren gerötet, sie wischte sich übers Kinn. Es war ein recht großes Kinn, ein Grund, warum sie von manchen zur Hausvorsteherin gewählt worden war. Sie wirkte in ihrer Erscheinung wie eine Skulptur aus weißem Marmor. Im Unterschied zu den welken und bleichen Hausbewohnern verursachte bei ihr die Abwesenheit der Sonne einen glatten Alabasterteint und feste, glänzende Gesichtszüge.

Hermann hatte die Augen geschlossen. Er schien nachzudenken und murmelte wieder vor sich hin, höchst konzentriert; es klang wie ein Gebet.

Jemand trat vor ihn, so knapp, dass die Gesichter sich kurz berührten; Darko hatte es in der sich schnell auflösenden Menge nach vorne geschafft und beobachtete die Szene. Es war Mischa, einer aus dem Freundeskreis im ersten Stock, der umgekehrt war. Er packte Hermann am Kragen: „Verdammt noch mal, wie lange wohnst du denn schon hier? Was wäre, wenn du hier liegen würdest, dann würden wir dich doch auch nicht am Brunnen vor aller Augen verfaulen lassen."

„Es sind keine von hier", sagte die Hausvorsteherin trocken, „aber wir müssen uns trotzdem um sie kümmern."

„Sie sind von hier, aus diesem Haus." Etel kam über den Platz zum Brunnen, offensichtlich hatte sie jemand geholt. Silvia meinte oft, sie wäre die beste Hausvorsteherin gewesen, aber hätte nie für das Amt kandidieren wollen. Etel zeigte auf das Haus, in dem alle Umstehenden wohnten: „Von hier sind sie gekommen."

Der Hausvorsteherin trieb es den Zorn ins Gesicht. „Wie kannst du das behaupten, Etel, das geht zu weit, auch für deine Verhältnisse. Du weißt, sie waren nicht von hier."

„Vielleicht haben sie Verwandte besucht", sagte Etel unbeeindruckt.

Die Hausvorsteherin griff sich in die Haare, dann stellte sie sich direkt vor die Toten. „Bevor es auf die Rampe geht, sollte Klarheit herrschen. Etel, du behauptest, sie waren bei uns im Haus. Dann müssen wir wissen, wer sie beherbergt hat. Der- oder diejenige ist dann auch für den Transport auf die Rampe verantwortlich."

Etel blieb still. Sie trat ein paar Schritte auf die Hausvorsteherin zu und flüsterte ihr ins Ohr. Hermann und Mischa hatten sich entfernt, wobei Hermann zu kichern schien.

„Gut", sagte die Hausvorsteherin, „gut, aber das löst unser Problem nicht."

„Ein Mann war bei ihnen", sagte Darko und erschrak über sich selbst. „Ein ziemlich großer Mann, habt ihr ihn nicht gesehen? Er hat sich um sie gekümmert."

Darko kam sich einen Kopf größer vor, als er so mit den Erwachsenen mitredete. In den Hausversammlungen erteilte ihm nie jemand das Wort, er wurde dort kaum beachtet. Und wenn es ihn betraf – meist handelte es sich um Anschuldigungen, er habe Müll am Gang liegenlassen, in eine der Ecken uriniert oder riechende Speisen durchs Haus getragen –, sprach Silvia für ihn. Lediglich Hermann verwickelte ihn nach den Versammlungen manchmal in Gespräche, erzählte ihm Geschichten, von den Argonauten im alten Griechenland, einem Odysseus, der über Meere irrte, einer Medea, die ihre Kinder getötet hatte, was Silvia zu weit ging. Doch Darko konnte ihn gut leiden und war außerdem fest davon überzeugt, dass er ihm mehr über die Eisenbahn und das Fortkommen von diesem Ort erzählen könnte; schließlich führten die Schienen in die alten Städte, die diese klingenden Namen trugen, vielleicht sogar in die Heimat von diesem Odysseus, wo es ein so großes Meer gab, dass man dort über Zeiten herumfahren konnte und dabei keinen Ort zweimal sehen musste.

„Wo ist er hin, der große Mann?"

„Vielleicht holt er jemanden", sagte Etel.

„Wir warten, bis die Sonne dort ist", sagte die Haus-vorsteherin und zeigte auf das Dach des gegenüberlie-genden Hauses. „Sobald sich der Giebel über die Sonne legt, wird hier ein Totenträgertrupp losmarschieren. Und dieser Trupp besteht aus euch." Sie zeigte auf Her-mann, Mischa und Elfriede.

Ihr Kinn war so beeindruckend, wie es gerade in den Momenten, in denen sie die unangenehmsten Sät-ze sprach, ihr Gesicht dominierte. Sie hypnotisierte ihr Gegenüber geradezu. Darko fuhr zusammen, als sie ihn ansprach und fragte, ob er den Mann, der bei den Toten gewesen sei, erkennen würde. Er nickte langsam, dann riss er sich zusammen und sagte mit gekünstelt tiefer Stimme: „Ich kann hier warten, ob sie kommen, also, ob er kommt."

„Die drei da", die Hausvorsteherin zeigte auf Elfrie-de, Mischa und Hermann, „werden mit dir warten, kei-ner geht weg."

Die zum Bleiben gezwungene Gruppe nahm auf der anderen Seite des Brunnens Platz; die Erwachsenen stritten sich, dazwischen lachte Elfriede. Soweit Darko es verstehen konnte, ging es nicht um den Totentrans-port, sondern um die Sauberkeit in den Gängen, den Ton bei Hausversammlungen und darum, dass man keine Extremisten mehr im Haus dulden sollte. Bei den sogenannten Extremisten – Darko stellte sich darunter jenen einen Mann vor, der ihm einmal die Prügel ange-droht hatte – gingen die Meinungen auseinander. Für Elfriede gab es keine Extremisten, solange sie nicht in der Gruppe auftraten. Mischa konstatierte, es sei in sei-nen Augen schon extrem, wenn jemand nicht seinen

Aufgaben nachkomme, also etwa keine Toten abtransportieren wolle. Da fielen ihm die anderen beiden gleich ins Wort. Hermann zitierte die Stoiker herbei, besonnene Philosophen, die allein ihrer Geisteshaltung wegen nicht des Extremismus fähig gewesen wären; er meinte, es gebe immer mehr Extremisten, weil niemand mehr der Geschichte kundig sei.

So ging es dahin auf der anderen Brunnenseite, bis die Sonne sich unter den Giebel senkte. Die Toten schienen schon vergessen. Selten hatte Darko ein so behagliches Gefühl wie beim Lauschen der Zänkereien gehabt. Er war froh, vom Bahnhof genau zum richtigen Zeitpunkt aufgebrochen zu sein. Den Hunger hatte er vergessen, sein Magen dagegen nicht, der knurrte. Dass Silvia nicht kam, fiel ihm erst wieder ein, als die Hausvorsteherin auf den Platz trat. „Los jetzt", sagte sie, „seht zu, dass ihr sie zur Rampe bringt, bevor es dämmert oder der Wind wieder einsetzt. Los, ihr alle vier."

Ich auch?, zeigte Darko tonlos auf sich.

„Pack an, junger Mann, du bist stärker als wir, hast jeden Tag eine warme Mahlzeit", sagte Hermann mit hämischem Unterton, was Darko kränkte, plötzlich spürte er wieder den Hunger.

Mischa stellte sich vor den Toten auf und inspizierte sie. Er und Hermann hoben den Mann bei den Schultern, Elfriede nahm die Frau bei den Händen, Darko versuchte sie bei ihren Schuhen zu fassen zu kriegen, um nur den Körper nicht zu berühren.

So klein und eingefallen, so substanzlos diese beiden Toten aussahen, so schwer wurden sie, wenn man sie trug. Hermann fluchte laut, Elfriede murmelte etwas und Mischa biss sich auf die Lippen. Die Hausvorsteherin machte einen Kontrollgang um den Brunnen, ob auch nichts liegengeblieben war, und schaute dem Trupp lange nach.

Ein Stück unterhalb vom Kerzenmarkt blieben die vier zum ersten Mal stehen. Hermann ließ fluchend die Beine des alten Mannes fallen, Mischa schnauzte ihn an, er solle nicht trödeln, er wolle nicht den ganzen Maitag verlieren.

„Was ist das noch für ein schöner Tag? Ein schöner Tag? Wirst du jetzt eine Pfeife rauchen und deinen schönen Tag genießen, wenn du das Geschäft erledigt hast?", herrschte Hermann zurück.

Elfriede mahnte zur Ruhe; sie habe hier Verwandte, denen sie nicht über den Weg laufen wolle, nicht mit Toten in Händen.

„Verwandte, du?", kicherte Hermann.

Geduckt ging Elfriede weiter, Darko tat es ihr nach, und so gewannen sie vor den beiden Männern ein kleines Stück Vorsprung. Beim Erkerhaus verließen sie alle die Kräfte. Zu viert saßen sie auf dem Boden, die Toten daneben mit gestreckten Armen und Beinen, wie Hampelmänner. Darko sah hinauf zu den kleinteiligen Erkerfenstern, in denen sich die Sonne spiegelte. Was die Bewohner wohl dachten, die auf den Leichenträgertrupp herunterschauten?

„Wir müssen das anders machen", sagte Hermann, „jeder nimmt eine Schulter." Er machte es vor, packte den Mann unter der Achsel.

„Nein, nein, das wird zu anstrengend", sagte Mischa, „wir nehmen sie bei den Händen." So zogen sie die

Toten, jeder einen Arm umklammernd, und ließen die Beine auf dem Pflaster hinterherholpern. An der Pestsäule legten sie sie erneut ab und machten eine Pause, bei Sankt Jakob eine weitere, diesmal längere, in der Mischa erzählte, er könne sich gar nicht erinnern, jemals bei der Rampe gewesen zu sein, und Elfriede den Kopf schüttelte und ihn fragte, was er in diesem Sommer vor Zeiten und Zeiten gemacht habe, in dem der Wind fast jeden Tag jemanden erschlagen oder einen Toten dahergetragen habe.

„Er ist eben ein domestischer Geist!", spöttelte Hermann.

Mischa sprang auf und wollte mit den Fäusten auf Hermann losgehen, der gleich in Deckung ging. Da spuckte Mischa in Hermanns Richtung und mahnte in mürrischem Ton, sie sollten sich jetzt endlich beeilen.

Hermann blieb sitzen. Er kaute auf einem Stück Gras und schaute in die Sonne, die schon recht tief stand. „Du, Mischa", sagte er, „du wolltest doch den schönen Tag genießen. Hier ist niemand, wir legen die Toten hinter Sankt Jakob ab und jeder geht seiner Wege."

„Nein", sagte Elfriede.

Darko, der gerade noch erleichtert darüber gewesen war, dass man die Toten einfach liegenlassen könnte, empfand plötzlich Abscheu gegen Mischa und Elfriede, was Hermann auffiel. Er zwinkerte ihm zu.

„Das würde nicht gut für uns ausgehen", meinte Mischa in fast versöhnlichem Ton.

„Oh, natürlich, zwei Tote fallen auf", feixte Hermann.

Die Bürgermeisterin waltete selten, aber Hermann wusste genauso gut wie Elfriede und Mischa, dass das Liegenlassen von Toten zweifellos geahndet würde. Wortlos packte jeder eine Hand und sie schleiften die Toten weiter, sodass die Fersen auf den Katzenköpfen klackerten. Dieses Geräusch wurde Darko quälend laut, sodass er sich gerne die Ohren zugehalten hätte, wären seine Hände frei gewesen. Sie machten Pausen in immer kürzeren Abständen, und als sie endlich bei der Rampe ankamen, fielen Darko fast die Hände ab und sein Nacken schmerzte bis zum Scheitel.

Sie gingen durch eine Tür im blickdichten Zaun. Rund um das Häuschen, das in der Mitte stand, war niemand zu sehen. Sie mussten in dem Labyrinth von Gerätschaften, alten Zaunlatten, Scheibtruhen und hüfthohen, rohen Ziegelwänden suchen, denn Antwort gab auch keiner. Ein Junge, den Darko nicht viel älter als sich selbst schätzte, saß auf einer Decke an einen Holzstoß gelehnt.

„Bist du hier zuständig?"

Der junge Mann grinste und legte dabei seinen zahnlosen Mund offen.

„Wir haben zwei Tote."

„Mein Vater ist heute nicht da", sagte er, „bringt sie hinein." Er gab ihnen einen Schlüssel. „Ihr müsst einen Zettel ausfüllen."

„Wir können das nicht", sagte Elfriede, „die Toten sind vor unserem Haus gelegen, Unbekannte."

„Dann füllt nur aus, was ihr wisst, aber das muss sein, darauf legt mein Vater großen Wert, er muss diese Zettel einsammeln für die Bürgermeisterin."

„Wir können aber nicht ...“

„Dann könnt ihr die Toten gleich wieder mitnehmen.“

„Wir füllen aus, was wir wissen.“ Mischa fiel Elfriede ins Wort.

In dem kahlen Raum standen an die zwei Dutzend Bahren, die Hälfte war belegt.

„Raufheben werden wir sie aber nicht“, sagte Elfriede.

Darko fixierte den Boden, der glatt war wie der ganze Raum. Ein süßer, fauliger Geruch stieg ihm in die Nase.

„Sind alle heute hergebracht worden“, stöhnte der Junge im Hintergrund. „Verdammt noch mal“, murmelte er. „Immer wenn es schön ist, rammeln sie uns die Bude voll mit Leichen. Zumindest ist heute kein Stinker dabei.“

„Stinker?“, fragte Darko.

„Wenn sie lange liegen, dann stinken sie. Besonders die, die vorher gegessen haben.“

„Jugendliche Tote?“

„Nein“, sagte der Junge hämisch, „Alte, die essen und trinken. Jetzt weißt du, dass es das gibt.“ Er lachte. „Besonders stinken sie, wenn sie alt sind.“

Darko ließ seinen Blick über die Bahren gleiten. Sein ganzer Körper verkrampfte sich, als er die Leiche eines jungen Mannes sah, dem ein Auge fehlte. Ein dunkelrotes Loch, an dem Stroh klebte.

„Wie lange dauert es, alle zu verbrennen?“

„Geht schnell“, sagte der Bursche. „Mein Vater kümmert sich um sie. Ich sammle das Holz.“

Elfriede und Mischa zankten sich, wie die Leichen auf die Bahren zu heben seien. Sie plagten sich zu dritt, zerrten an den Ärmeln und Schuhen, bis es endlich geschafft war.

„Müsste man tot nicht leichter werden?", murmelte Elfriede.

Darko sperrte ab und brachte den Schlüssel zurück. Der Junge saß auf einem wackeligen Stuhl, schwieg und grinste Darko feindselig an, der ihm zum Abschied die Hand entgegenstreckte. Der Junge hielt inne. Zog er zurück? Jedenfalls schnaubte er verächtlich aus.

„Werdet ihr sie denn rasch verbrennen?", fragte Hermann, der plötzlich nervös geworden war, ein wenig zitterte. „Ich meine, diese vielen Toten, sie müssen heute noch in die Luft."

Der Junge spuckte in Darkos Richtung, dann lächelte er, lehnte sich auf seinem Stuhl zurück und schaukelte auf den hinteren Beinen. Hermann ging zum Durchlass im Zaun, Darko folgte ihm schweigend.

„He, Junge", rief Hermann. „He, Junge, jetzt wach einmal auf. Ihr müsst die Toten verbrennen, solange es windstill ist. Das Wetter kann sich schnell ändern."

Elfriede murmelte etwas, zuerst habe er sie nicht tragen wollen, jetzt könne es ihm nicht schnell genug gehen. Mischa zischte und zog sie hinaus aus dem unübersichtlichen Gelände; schnell waren die beiden verschwunden, doch Darko wollte auf Hermann warten, weil ihm in seiner Nähe immer noch am wohlsten war.

Der Junge sah Hermann mit geblähter Lippe an, dann schaukelte er weiter auf seinem Stuhl. „Das ist die

Aufgabe meines Vaters. Und seht ihr den hier irgendwo?"

„Diese beiden Alten hatten ein scheußliches Leben,
zumindest jetzt sollen sie ungestört von den Winden
sein."

„Mäh, mäh, mäh", äffte der Junge Hermann nach,
„mäh, määäh, määääh." Er hörte gar nicht mehr auf.

Da sprang Hermann auf den Schaukelnden zu. Darko konnte ihn nicht mehr sehen, nur mehr das Meckern
hören; der Sessel kippte, und der Junge fiel rücklings,
in einem weiten Bogen. Es sah zu komisch aus, Darko
musste laut auflachen. Dann kam der harte Aufschlag
des Kopfes, wie ein Stein, der auf einen Stein fiel.

Hermann stand über dem Jungen wie ein Koloss
und schien die lächerlichen Fußtritte des Gefallenen
nicht einmal zu spüren. Der rappelte sich halb auf, das
Gesicht zwischen Spott und Wut verzerrt. Darko ging
ein paar Schritte zurück, in Deckung.

„Verschwinde, du Arschloch!", krähte der Junge,
ein Schluchzen kam hinzu. Darko konnte nicht genau
erkennen, ob schmutziges Sekret oder Blut aus seiner
Nase rann.

„Das wollte ich nicht", sagte Hermann mit betroffe-
nem Unterton.

Noch immer am Boden sitzend griff sich der Junge
an den Kopf.

„Blutet es?"

„Was wollt ihr hier noch, geht doch endlich weg,
lasst uns in Ruhe!"

„Es tut mir leid, Junge", sagte Hermann, „das hier,
das hier ist eigentlich kein Platz für ein ... ein Kind. Aber

es wäre jetzt besser, wenn du nachsiehst, ob du blutest. Dann können wir dir helfen."

„Ihr helft nicht!", schrie er. „Ihr helft nicht! Nicht!"

„Die Toten müssen in die Luft, Junge, sie müssen brennen, solange es still ist. Sonst nimmt der Wind ihren Rauch mit. Das kann man nicht zulassen."

Der Junge stützte sich auf die Ellbogen und hievte sich zurück auf den Sessel. Darko meinte an seinem Hinterkopf etwas glänzen zu sehen.

„... je weniger Tote in den Winden fliegen." Hermann war so leise, als würde er nur für sich sprechen.

Darko sah Scherben auf dem Boden. War bei dem Sturz etwas zu Bruch gegangen? Oder lagen die schon länger hier? Er klaubte alles zusammen und legte die Scherben an den Rand der Grasnarbe.

Der Junge griff in seine Tasche und holte einen kleinen Gegenstand hervor, ein Schmuckstück, er prüfte, ob es zu Schaden gekommen war, und steckte es wieder zurück.

„Ist es kaputt?", fragte Darko.

Der Junge erwiderte seinen Blick, die Lippen fest aufeinandergepresst. Ohne ein Wort zu sagen, saß er da, verschränkte die Arme und schaute auf den Boden.

„Sollen wir hier warten?", fragte Darko. „Sollen wir auf deinen Vater warten?" Jetzt wurde ihm mit einem Mal klar, dass dieser Junge trotz seiner ordinären Sprache jünger als er sein musste. Sein Gesicht verriet ihn.

Hermann redete einfach weiter, wiederholte, man müsse die beiden Alten jetzt endlich verbrennen, solange es noch windstill sei. Verbrennen eben, restlos verbrennen. Der Tod könne den Leib ohnehin nicht mehr gänzlich zerstören, zumindest ihre Geister sollten abziehen können. Nichts könne den Menschen mehr zerstören, wenn der Ausgleich geschafft war. Dann sei der Mensch vollendet und zum Leben verdammt.

Was war bloß mit dem Mann geschehen, der oben am Kerzenmarkt noch so gleichgültig auf die beiden Alten hinabgeblickt hatte? Welcher Teufel ritt ihn? Was erzählte er da bloß über den Ausgleich? Darko hatte sich dazu bisher wenig Gedanken gemacht. Dass früher einmal auch Erwachsene hatten essen müssen, war ihm bekannt, selbst Etel hatte davon gesprochen, ebenso Susanna und wer weiß aller. Insgeheim zweifelte er es an. Wieso sollte es früher anders gewesen sein? Vielleicht war es einfach Wunschdenken, weil die Erwachsenen den Jungen das Essen neideten? Es konnte ja auch richtig gut schmecken! Nur dass es wegen des Ausgleichs Komplikationen mit dem Tod gab, dass man nach dem Sterben scheinbar doch nicht tot war, das hatte er nicht gewusst.

Hermann ließ von dem Jungen ab und Darko folgte ihm auf dem Fuß nach draußen. Sie machten sich auf den Heimweg. Hermann erzählte von Friedhöfen, die es noch gebe und auf denen irgendwo am Stadtrand die Toten begraben würden.

Als sie über ein Stück der alten Stadtmauer gingen und freie Sicht auf die Umgebung hatten, hielt Darko nach dem Jungen Ausschau. Er fand ihn, zusammengesunken in seinem Stuhl kauernd, und spürte etwas Bitteres seinen Hals heraufkriechen. Wo der Junge wohl lebte? Bei der Rampe? Es gäbe doch genug Platz auf dem Kerzenmarkt, genug Wohnungen.

Hermann murmelte weiter, inzwischen mehr mit sich als mit Darko. Die Erde könne Fleisch, das nicht richtig vergehe, das nichts mehr wechsle, nicht mehr in Bewegung sei, nicht aufnehmen. So lägen diese Körper, nicht tot, nicht lebendig, in der Erde, wie aus Wachs, leblos wie eine Kerze, doch unzerstörbar, außer man verbrenne sie, heiß und schnell, und lasse ihren Rauch weit hinausziehen, am besten in der Nacht weit in den bestirnten Himmel. Er hoffe, dass man es mit seinem Körper einmal so machen werde.

Hermann wurde schneller, wollte diesem unglückseligen Ort entfliehen, und er redete auch immer schneller. Orion, Sirius, Proxima Centauri zögen diese Seelen an wie Magneten. Allein, erfasse sie der Wind, dann gebe es kein Entkommen mehr, kein Entwischen hinaus.

Als sie wieder beim Erkerhaus vorbeikamen, wechselte Hermann das Thema abrupt und wollte wissen, ob Darko hier in den Mosaikfenstern etwas gesehen habe, als sie mit den Toten Rast gemacht hatten. Ein Lufthauch zog durch die Straße, ein warmer, föhnig weicher. Jemand habe heruntergeschaut, meinte Darko beiläufig.

„Weg hier", sagte Hermann, „schnell!"

Sie liefen in eine Seitenstraße, bis Hermann keuchend stehen blieb und die Hände in seine Seiten presste.

Darko bereute, was er gesagt hatte, er hatte niemanden gesehen; es war bloß so üblich, immer zu sagen, jemand schaue herab, wenn man beim Erkerhaus vorbeiging. Das sagte doch jeder, dass im Erkerhaus irgendjemand sitze und beobachte, ein Aussichtsposten der Bürgermeisterin, die Darko noch nie gesehen hatte. Lichtreflexe, wohl nur Lichtreflexe, hatte Silvia ihm erklärt, und dass dieses Erkerhaus im Übrigen nichts anderes sei als ein Wohnhaus, das schönste in der ganzen Stadt. Natürlich kein Palast, wie manche behaupteten, in dem man keine Böe höre, dessen Mauern aus mehreren Schichten bestünden, Blei, Eisen, Holz und Wolle, weder eine Beobachtungsstation, von der aus Passierende ausspioniert wurden – zu welchem Zweck auch? –, noch das Clubhaus eines Geheimzirkels, der von hier aus in der Stadt agiere und Windschleusen öffne und schließe – wie sollte das auch zugehen, mit welcher Arbeitskraft, mit welchen Mitteln? –, oder ein Treffpunkt Reisewilliger, die hier ihr Wissen um ferne Orte hüteten. Es gab unzählige Gerüchte über all die Orte in der Stadt, von denen man nicht so genau wusste, wer sie bewohnte, und von allen ungeklärten Dingen war Darko das Rätsel um das Erkerhaus das liebste.

Während sie über die Josefsstraße zum Kerzenmarkt trotteten, musste Hermann erneut über die Toten reden. Dass der Mensch irgendwo schon noch viel weiter sei, vielleicht sei es wie mit den Tieren, die von der Larve zum Schmetterling wurden, nur dass sich der Mensch hin zu einer Art Gott entwickle. Aber Gott habe es nie gegeben; die Idee von Gott sei letztlich die Bestimmung des Menschen, den schädlichen Körper einmal hinter sich zu lassen oder einen Panzer aus ihm zu machen, dem das Sterben nichts anhabe. Am meisten verschleiße der Körper doch vom Essen und Trinken. Das habe der Mensch irgendwann erkannt und es geschafft, sich zu korrigieren. Nur am Anfang blühe er noch davon, aus einem Knilch werde ein Mensch, das könne Darko ja an sich selbst jeden Tag erleben.

Darko, der von der Arbeit des Totentragens noch hungriger war, spürte seine rauen Hände in den Taschen.

Die meisten, dozierte Hermann, seien domestisch geworden. Sie zögen sich in ihre Häuser zurück, in ihre eigenen Schatten. Sie verstünden nicht, dass es weitergehe, immer weiter. Dann blieb er vor Darko stehen, hinderte ihn am Weitergehen. „Stell dir vor, wir müssten alle essen, alle Menschen, nicht nur ihr Kinder. Stell dir das vor. Wo sollten wir das alles hernehmen?"

Darko war in dem Moment klar, dass alle Geschichten von essenden Menschen, die keinen Ausgleich erlebt hatten, nur erfunden sein konnten. „Unmöglich", murmelte er.

Hermann hörte ihm nicht zu. „Wir könnten das nicht leisten", sagte er. „Es gäbe keine Städte, keine Häuser mit vielen Wohnungen. Wie sollte der Mensch auf so engem Raum leben, wenn alle essen müssten? Ja, all das, was es hier gibt, kann der Mensch doch nur geschaffen haben, weil er das Essen überwand."

Oder weil das alles ein ziemliches Märchen ist, dachte Darko, Aberglaube, wie Silvia sagte. Der erwachsene Mensch, wenn es auch in manchen Büchern behauptet wurde, konnte nie ein Esser gewesen sein. Eine Erfindung der Literaten musste es sein, weil es eine schöne Idee war, dass alle Menschen auch nach der Kindheit gleich seien, dass es keinen Ausgleich gebe.

„Keine Häuser, kein Elektrizitätswerk, kein ... nichts. Deshalb ist es doch unsere Pflicht, weiterzumachen, nichts liegenzulassen. Wir müssen die Toten mit ihren ausgeglichenen, perfekten Körpern, ihren gottähnlichen Hüllen ver-bren-nen!"

„Warum fahren keine Züge mehr?", fragte Darko. „Wir könnten doch einfach in eine andere Stadt fahren mit dem Zug und schauen, wie es dort ist. Oder ob in fernen Gegenden die Erwachsenen essen."

Das glaubte Darko auf keinen Fall, trotzdem sagte er es.

Er sei klug genug, meinte Hermann, das zu verstehen. Damit es weitergehe, dürfe der Mensch nicht domestisch sein, er solle nach den Ursachen suchen, und dazu müsse er sich endlich wieder organisieren. Es könne doch nicht sein, dass des Menschen Körper sich weiter entwickelt habe als sein Verstand.

„Organisieren ...", wiederholte Darko.

„Ja", sagte Hermann, „organisieren. Aber Junge, darüber sprichst du bitte mit niemandem."

„Warum?"

„Weil es nicht gewünscht ist. Und du weißt, was passiert, wenn etwas nicht erwünscht ist."

Darko wusste, worauf er hinauswollte, schließlich war er bei genug Hausversammlungen zugegen gewesen, in denen gegen ihn und Silvia gewettert worden war.

„Sie wünschen, still und leise in ihren Wohnungen zu leben, ohne sich neue Gedanken machen zu müssen."

„Worüber Gedanken?"

„Das haben die meisten vergessen. Es ist ein schleichender Prozess, Junge", sagte Hermann. „Du hast diese beiden armen Alten heute gesehen? Sie sind dahinvegetiert."

„Waren vielleicht auch Unerwünschte", sagte Darko.

„Das war mit Sicherheit so."

Darko blieb stehen, kratzte sich umständlich an der Schulter, der Bursche bei der Rampe fiel ihm ein, Bitternis überkam ihn von Neuem. „Warum waren sie unerwünscht?"

„Das weiß ich nicht", sagte Hermann.

„Kanntest du die beiden?"

„Ich habe sie nie zuvor gesehen."

Als Darko in der Wohnung ankam, war Silvia nicht da. Er war froh darüber, denn in seinem Kopf schwappten wirre Gedanken. Wenn man domestisch war, war das doch etwas Gutes; es half, nicht der Gier anheimzufallen, zu essen oder sonst was zu tun. War Hermann ein geheimer Esser? So gegen die Domestischen zu wettern ... dabei wohnte er hier am Markt, in den alten Gängen. Er konnte Hermann trotzdem gut leiden, auch wenn ihn all das verwirrte. Zuerst hatte er sich gesträubt, die Toten zu tragen. Dann, an der Rampe, dieser Sinneswandel, diese Wildheit, diese Wut. Er war kindischer als der kleine Eliáš.

Darkos Augen wollten sich heute nicht und nicht an die Dunkelheit gewöhnen. Er kippte den Lichtschalter, die Elektrizität kam nicht. Waren alle draußen, die Arbeiterinnen und Arbeiter. Keiner in der Mine, keiner bei den Öfen. Unten am Fluss hatten die Kinder jetzt wahrscheinlich kleine Vögel gebastelt und auf die Zäune und Mauern gesetzt. Er hatte das auch gemacht, die paar Mal, als sie bei den Vančuras von einem Maitag überrascht worden waren. Silvia meinte, es gebe keine besseren Tage für die Landwirtschaft, aber es gebe eben auch keine besseren Tage, um frei zu haben. Außer denen, die gezwungen wurden, die in irgendwelchen Ruinen dahinvegetierten und von den Feldstunden lebten, die an keinem menschenfreundlichen Ort ein Wohnrecht genossen, arbeitete niemand, wenn der Wind schwieg.

Darko ging hinauf ins Erdgeschoss, wo es still war. Er setzte sich auf eine Bank hinter der Eingangstür und ließ die Kälte vom Boden durch seine Füße heraufziehen. Dabei sah er durch die Spalten und Ritzen des Eingangsportals das letzte Licht des Tages. Die Sonne stand schon tief im Westen. Da kam dieses Licht so unendlich weit her von einem fernen Stern, um im Gang eines Hauses am Kerzenmarkt, der in lauter finstere Wohnungen führte, zu versiegen. Die Kühle kam nun auch im Freien, sie streichelte ihm über die Schultern und kroch langsam zwischen Stoff und Haut hinunter bis zu seinen Waden. Er ließ seinen Blick über den leeren Platz wandern, dorthin, wo all die Aufregung stattgefunden hatte, über den Brunnen und bis zum Kapuzinerkloster. Könnte sein, dass noch ein Regen kommt, dachte er, wäre schön, den zu erleben, aber warten konnte er nicht mehr.

Zurück in der Wohnung stopfte er die Erdäpfel vom Vortag in sich hinein, gleich mit Schale, und hoffte, dass die beiden Alten auf der Rampe schon brannten und sich in Rauch auflösten. Wenn es ihnen doch nur vergönnt wäre, bis ins Schwarze des Himmels hinein abzuziehen und im Schutz der ewigen Nacht zu vergehen. Er hoffte, die Winde würden erst wieder kommen, wenn die Alten in sicherer Entfernung wären. Dann riss ihn der Schlaf mit.

Zehntes Kapitel
In dem eine Gemeinschaft versagt hat

21 schrieb Kyrill in ein abgegriffenes Heft, daneben *Refektorium, 2. von rechts, leichter Sprung, der sich ausdehnt.* Damit hatte er seinen Rundgang beschlossen, alle Windschäden waren begutachtet. Abgesehen von den Zaunlatten, von denen einige wie Spieße gefährlich auf den Weg ragten, gab es keine dringlichen Reparaturen. Die größte Angst hatte Kyrill davor gehabt, dass die Holzverkleidungen, die vor Zeiten behelfsmäßig angebracht worden waren, ihren Halt aufgegeben hätten. In der Werkstätte hatten sie kaum mehr Nägel und Bretter, um größere Reparaturen zu bewerkstelligen. Als er die Stufen hinabstieg, fiel ihm ein, dass man die restlichen Zaunlatten abtragen und ins Holzlager stellen konnte, um sie für einen Notfall bereit zu haben.

Er klappte das Heft mit theatralischer Geste zu, ging ein paar Stufen hoch, öffnete die Tür zum Gang und bog durch das Tor in den Garten ab, wo Franz und Severine auf einer Bank saßen, die sie in das gelbliche Gras gestellt hatten.

„Habt ihr ihn gesehen?", rief Kyrill den beiden entgegen.

Franz schüttelte den Kopf, rückte auf die Seite, um ihm Platz zu machen, doch Kyrill winkte ab.

„Er wird in der Bibliothek sein", sagte Franz mit geschlossenen Augen und legte den Kopf zurück. Ihn quälte ein Nervenleiden, das von seinen Halswirbeln aufwärts ein Ziehen in der Hinterkopfgegend verursachte, das sich bei Wetterwechseln bemerkbar machte und ihm die paar windstillen Tage verleidete. Als er die Augen wieder öffnete, richtete er seinen Blick direkt in die Sonne, nur kurz, nieste und hielt sich schmerzgeplagt die Hände vors Gesicht.

Von der Brauerei drang ein säuselndes Geräusch herüber, als würde Luft aus einem Ballon ausgelassen. Es riss Franz aus seiner Abwesenheit.

„Er war oben", krächzte er, sein Hals war trocken. „Was machen die bloß heute dort drüben?"

Kyrill nickte.

Franz' Blick verdüsterte sich. „Er war ein letztes Mal bei ihnen."

„Ein letztes Mal?", fragte Kyrill.

Franz nickte.

Severine stand auf und ging ein paar Schritte Richtung Brauerei.

„Gut", sagte Kyrill. Das Heft mit den Aufzeichnungen unter den Arm geklemmt, machte er einen Schritt auf Franz zu. „Wir müssen uns um ihn kümmern, wenn sie nun tot sind."

„Wir hätten ihm erlauben sollen, dass er sie holt", sagte Franz leise.

„Dafür ist es jetzt zu spät", murmelte Severine.

Franz steckte sich den Zeigefinger in den Mund; ein Knacken war zu hören, als er darauf kaute, dann spuckte er ein Stück Nagel aus.

„Er wird nicht reden wollen", meinte Severine.

Kyrill stutzte. „Woher wisst ihr es dann?"

„Er hat es Gott erzählt, in der Kirche."

Kyrill fing das Heft, das wegzurutschen drohte, auf und setzte zu einem Satz an, den er nicht herausbrachte. In dem Moment war das säuselnde Geräusch aus der Brauerei erneut zu hören.

„Das klingt gerade so, als ob jemand die Kessel reinigt", stellte Franz fest, „bloß wozu?"

Kyrill atmete schwer aus. „Ich werde versuchen, die da drüben zur Rede zu stellen. Wir brauchen hier keine derartigen Aktivitäten. Nicht schon wieder. Sonst haben wir das gleiche Problem wie damals."

„Wenn du Hilfe brauchst ...", meinte Severine.

Kyrill kramte aus seiner Tasche einen Schlüsselbund hervor. „Willst du in die Bibliothek gehen? Er hat sich mit Sicherheit eingesperrt mit seinen Büchern und Karten."

„Ich werde nachschauen", sagte Severine.

„Ach, vorhin war Vera an der Pforte und hat gefragt, ob du ihnen die Nachtschicht machen kannst", bemerkte Kyrill.

„Sie kommen zu uns herüber, falls es regnet", winkte Severine ab.

Kyrill drehte sich um, hielt kurz inne, knurrte etwas, das die anderen nicht hören sollten. Er hatte sichtlich keine Freude damit, doch war ihm klar, dass er die Bitte nicht abschlagen konnte. In dem Moment kam ihm eine Idee. „Sag ihm, ich brauche einen Helfer dafür, wenn du ihn aus der Bibliothek holst."

Severine gefiel es nicht, Jakob zu bemüßigen, doch Kyrill war der Oberste. „War ein Fehler von uns ...", sagte Franz und ballte die Fäuste, brach aber mit einem Blick auf Kyrill mitten im Satz ab.

Das Geräusch ertönte erneut, viel lauter.

Severine erschrak. „Du hast recht, jemand reinigt die Kessel."

„Geht das also wieder los. Ich habe keine Ahnung, weshalb Jakob das nicht durchsetzen konnte."

„Hör zu", sagte Severine, „wir sollten unbedingt nachschauen. Wenn es wieder losgeht drüben ..."

„Das werden bloß ein paar Bauern sein, wir haben ihnen ja gestattet, dass sie ihre Erdäpfel dort lagern."

„Wir haben unsere Ruhe, solange dort drüben keiner Schnaps brennt. Ich kümmere mich um Jakob; er wird keine Freude haben." Franz erhob sich schwer von der Bank.

Elftes Kapitel
In dem eine erteilte Lektion alles ins Lot bringt

In der Nacht, die auf den Maitag folgte, holte ein Traum Darko aus dem Schlaf. Seine Blase drückte ihn. Er drehte sich auf den Rücken, weil er seinem Harndrang nicht gleich nachgeben wollte. In die Finsternis starrend wurde ihm klar, dass er wach war. Anders als sonst erfüllte nicht Silvias Atem den Raum, der auf- und abging wie ein Singsang. Es war still. Nicht nur die Blase störte; ein ziehendes Gefühl kroch vom Unterleib über den Magen in die Speiseröhre bis zum Zäpfchen, breitete sich in seinem Mund aus. Er öffnete die Lippen, um Luft auf die lästige Stelle zu ziehen, schloss die Augen und meinte, Silvias Singsang zu hören. In seinen Ohren rauschte es. Nein, eigentlich donnerte es, ein Dauerdonner, wie ihn das Aneinanderschlagen von Töpfen und Kesseln erzeugte. Je mehr er sich verkrampfte, desto lauter wurde das Rauschen in seinen Ohren. Ihm war, als könne nichts mehr dieses Rauschen übertönen, schon gar nicht Silvias Atem. Er öffnete den Mund, ohne ihn wirklich zu öffnen, schrie in das Rauschen hinein und staunte, dass nicht einmal er selbst seinen Schrei hören konnte. Er probierte verschiedene Stellungen aus, kauerte sich zusammen, nahm den Kopf in die Hände, schüttelte sich, drehte sich zur Seite, atmete tief ein und aus, ließ sich wieder auf den Bauch fallen. In dieser Position war es auch, wenn er in der Nacht aufwachte, einfach, wieder wegzudämmern. Das Rauschen ging nicht weg.

Ihm war, als läge Blei in seinem Rachen. Er überlegte, Silvia zu wecken, wetzte mit seinen Beinen im Bett, wunderte sich, dass sie nicht längst gemurrt oder sein Rumoren kommentiert hatte. So etwas nervte sie doch. Als er endlich zur Ruhe kam und ausgestreckt und ohne Decke dalag, versuchte er, leise und synchron mit Silvia zu atmen. Er meinte, ihr Aufatmen zu hören, und stimmte sich darauf ein. Das Rauschen wurde weniger. Als es fast weg war, riss er seine Augen weit auf und sah nichts als Finsternis. Um diese Zeit gab es meist keinen Strom. Er stemmte sich im Bett hoch, sein Herz klopfte gegen seinen Brustkorb. War es tatsächlich außerhalb seines Körpers zu hören? Konnte es sich überschlagen? Aus dem Takt geraten? Er hielt sich beide Hände an die Rippen, drückte dagegen, versuchte den Herzschlag wieder hineinzudrücken. Wieso schlug sein Herz so laut? Silvia schien nichts davon mitzukriegen.

Vorsichtig setzte er einen Fuß vor den anderen auf die rauen Fugen der Bodenplatten, die ihm den Weg zeigten, und tastete sich zu Silvias Bett hinüber; eine Hand an der Brust, dem Klopfen Einhalt gebietend, griff er nach ihr und fand einen Deckenhaufen. Er hantelte sich weiter bis zum Bettende, setzte sich an die Kante und blieb so lange sitzen, bis seine Füße taub waren. Dann legte er sich an den Bettrand. Er war seit den letzten kalten Winden gewachsen, hatte zugenommen und drückte eine tiefe Mulde in die Bettstatt. Vorsichtig schob er die kalt gewordenen Füße unter die Decke, spürte keine Menschenwärme, wagte aber nicht, näher an Silvia heranzurücken, und lag frierend am Bettrand. Die Bilder vom Vortag mischten sich in seine Gedanken, bis von oben ein vibrierendes Geräusch zu hören war. Er kannte diesen Ruck, er stammte von den Rohrleitungen, die durch das Schlafzimmer verliefen. Das Elektrizitätswerk schaltete jetzt den Strom ein. Endlich konnte er aufstehen. Er tat es vorsichtig, setzte die Füße, die nicht mehr warm geworden waren, auf den Boden und suchte sich den Weg zur Tür. Das Licht funktionierte, zum Glück. Durch einen Spalt fiel ein Strahl auf die leeren Betten. Silvia war nicht zu Hause. Dann musste sie zu den Freunden gegangen sein, ohne ihn, weil er sie alleingelassen hatte. Seine Heldengeschichte, die er ihr nun gerne erzählt hätte, verblasste. Sie musste verärgert sein über seinen Alleingang. Laut sagte er seine Version der Geschichte auf, als stünde er ihr schon Rede und Antwort. Dass es ihm aufgetragen worden sei, die Toten zu transportieren, dass er ihr deshalb nicht habe folgen können. Sie konnte ja nicht wissen, wie die Geschichte genau abgelaufen war. „Und dann", sagte er, „meinte die Hausvorsteherin, ich sei kräftig, weil ich ein Esser sei, und deshalb müsse ich tragen." Sollte Silvia daraufhin die Wut packen, hätte er schon das nächste Argument parat: „Mit dieser Aktion habe ich mich für alle nützlich gemacht. Sie sehen mich nun schon fast als Erwachsenen."

Zum Frühstück mischte er sich einen Brei aus gestampftem Hafer und Wasser, den er ordentlich salzte. Er nahm sich zwei Mal nach. Jeder Löffel Brei beruhigte ihn. Dass ihm das Herz so gegen den Brustkasten gedrückt hatte, dass so etwas sein konnte. Hoffentlich, dachte er, hat es nicht an den Rippen gescheuert, sich abgerieben, wie die Haut sich vom Knie abrieb, wenn er stürzte. Er wischte den Haferstaub vom Tisch, schüttete Wasser in die Tasse und wusch sie aus. Silvia mochte Unordnung nicht, und kaum hatte er gegessen, musste er abwaschen und wegräumen. Er wollte sie auf keinen Fall noch mehr verärgern, wenn sie nach Hause kam. Je mehr Zeit verging, desto klarer schien ihm: Weil er nicht wie sonst üblich an Maitagen mit ihr hinauf zum Kardinal gegangen war, wollte sie ihn mit ihrer Abwesenheit bestrafen. Das war ihr gelungen. Sie hatte wohl die Gelegenheit genutzt, um noch einmal zu den Vančuras zu gehen, wenngleich es ihn wunderte, dass sie den Leiterwagen neben der Tür stehen gelassen hatte – vielleicht um ihm zu zeigen, dass sie nicht wegen ihm zu den Vančuras ging, nicht seiner Lebensmittel wegen, sondern weil es ihr eben gerade so passte. In dem Fall musste sie sehr böse gewesen sein; eine solche Lektion hatte sie ihm noch nie erteilt. Aber er hatte sie auch noch nie einfach stehen gelassen an einem Maitag. Alles war also im Lot. Alles war gerecht.

Er wirklich Zofia begegnet? Er überlegte, ob er nach dem Wetter sehen sollte. Doch es war auffällig still im Haus, und das hieß, der Wind blies wieder. Er nutzte die Gelegenheit, eines der Geräte anzustecken, was Silvia so gut wie nie erlaubte, den Wärmeschirm. Das Wummern beruhigte ihn. Das Ding war ein Erbstück des Hauses. Es fraß, wie Silvia sagte, Elektrizität. Sie konnte sich nicht vorstellen, dass Menschen das einmal sinnvoll benutzt hatten. Woher hätte denn die viele Elektrizität kommen sollen? Darko steckte ein paar Mal aus und ein, starrte auf das kleine Kästchen, aus dem das Wummern kam, das sich über die Antennen verteilte.

Aus der grauen Masse heraus hoben sich Formen, Kreise, Quadrate und Rechtecke. Er versank darin, bis sich ein Gedanke in den Vordergrund schob: Sollte er ihr zu den Vančuras folgen? Wenn er allein durch den Wind ginge, hätte sie ein schlechtes Gewissen, ihn dieser Gefahr ausgesetzt zu haben. Warum gab es nicht längst eine unterirdische Verbindung unter dem Harten Rücken? Er erinnerte sich, in einer Hausversammlung einmal einen Scherz darüber gehört zu haben, den niemand witzig fand: Jemand meinte, wenn man so einen Tunnel baue, dann habe man all das Gesindel vom Schwarzbach hier. Die Hausvorsteherin mahnte, so etwas könne man nicht sagen.

Zwölftes Kapitel
Aus dem jemand nicht aufwachen will

Es juckte, nein brannte an den Oberschenkeln bis über die Hüften. Es war seit zehn Windwechseln nicht vorgekommen, dass sie so viel getrunken hatte, oder waren es elf? Sie überlegte. Eher elf, und damals nach einer Hausversammlung aus purer Dummheit, nicht aus Neugier. Jetzt spürte sie etwas Nasses an ihren Händen. Vielleicht Blut, wahrscheinlich hatte sie so viel an ihren dünnhäutigen Waden gekratzt, dass es jetzt blutete. Warum bloß war es nicht dunkel? Das konnte sie erkennen, ohne die Augen zu öffnen. Hinter den Augenlidern, einer roten, geäderten Wand, war es hell. Konnte es sein, dass sie in der Festung war? Dass sie die Mutter besucht und warum auch immer zu trinken begonnen hatte, und jetzt nackt ausnüchterte. Nackt? Um Himmels willen, dann war sie in die Fänge von einem der Männer aus der Gemeinschaft geraten! Ach, wie dämlich! Sie würde es bereuen, und ihre Mutter hätte etwas gegen sie in der Hand. Ihr Kopf wummerte, ein inwendiges Schmerzgefühl, dumpf, rund, als schlüge ein harter Ball gegen ihre Schädelinnenwände. Schlafen ging nicht mehr, also öffnete sie die Augen. Neben ihr lag ein nackter Körper, völlig verschwommen, eine Decke mit Schwertlilienmuster über den Beinen. Gut, in der Burg war sie zum Glück nicht, denn dort hatte kein Mensch je so auffällig schöne Decken gehabt, nur diese Filzüberwürfe, die genauso viel kratzten, wie sie wärmten. Dann hatte sie also mit den Vančuras getrunken und war mit ihnen im Bett gelandet. „Dumm, dumm, dumm", artikulierte sie nur mit den Lippen, leise zu sich. Auch wenn es bis zu Darkos Ausgleich nicht mehr lange dauern würde, wieso war das bloß geschehen? Das waren Freunde. Ja, es hatte diese Anziehung gegeben, das war ihr nie entgangen. Eine Anziehung, die, wie ihr schien, von ihnen allen dreien gleich ausging, ein gleichseitiges Dreieck, jeder Schenkel zog den anderen an. Das musste ja, dachte sie, zu einer Implosion führen. Ach, warum so viel denken. Ein, zwei Windwechsel noch. Hätte sie doch noch warten können. Sie war keine gute Mutter, deshalb hätte sie auch nie ein Kind haben wollen, wäre es nicht vor der Tür gelegen. Nein, was dachte sie da, Darko war ein guter Sohn, und was wäre ohne ihn bloß geschehen? Nichts! Ohne ihn wäre sie mit Sicherheit so geworden wie die anderen am Kerzenmarkt, die meisten anderen. Sie wäre eine Verfechterin der Abendregel geworden, dieser Sammlung dummer Ideen, die darauf abzielte, dass alle in ihren Wohnungen verrotteten. Nichts anderes hatte sie gewünscht: in der Wohnung sitzen, liegen, herumgehen, im Kerzenschein Tage verleben, bei Hausversammlungen nach Bestätigung suchen, nach Bestätigung, dass dieses Leben der Abendregel entsprechend – wer auch immer die geschrieben hatte, es gab schon einen Grund, warum man nicht sagte oder wusste, wer –, dass dieses Leben kein schlechtes war.

Nun lag sie also hier. Wie war sie hierhergekommen? An den Weg den Harten Rücken herunter konnte sie sich nicht erinnern. Hatte sie vorher schon getrunken? War Darko oben bei den Vančura-Kindern? Gewiss, die Vančuras hatten etwas Behagliches an sich, sie waren schöne, behagliche Menschen. Wenn die Freundschaft jetzt schiefging, dann musste sie ein anderes Arrangement treffen, im schlimmsten Fall die Wohnung am Kerzenmarkt verlassen, denn weiter als bis hierher konnte sie nicht durch den Wind gehen. Wer weiter draußen robotete, der musste sich gegen Kost und Logis verdingen. Vor dieser Logis graute ihr. Sie sah sie oft am Feldrand stehen, diese dreckstarrenden Kinder. Alle teilten sie ein Bett mit den Eltern, einen Strohsack, der vielleicht nach der Zeit der kalten Winde neu befüllt und nie gewaschen wurde. Das kam nicht in Frage, so ein Leben hatte sie schon einmal gehabt. Nein. Genau deshalb hatte sie jedes Risiko vermieden. Die Sonne musste ihr zu Kopf gestiegen sein, und dann der Alkohol.

Es dauerte eine Weile, bis ihre brennenden Augen scharf stellten und sie erkannte, dass die nackte Frau nicht Eliška war, von Tibor keine Spur. Erleichtert schloss sie die Augen wieder. Es roch gut, Körper anderer Menschen rochen gut. Dreckige nicht, aber nackte saubere schon. Das Weh zog sich in den Hinterkopf; wenn sie durch die Nase einatmete, war es wie ein Blitz, der sich von der Stirn gerade nach hinten in den Nacken ästelte. Schöne Körper, dachte sie, öffnete die Augen und schaute die Frau, die auf dem Bauch lag, ein Polster über dem Kopf, kurz an. Ein Sonnenabenteuer. Dann war sie wohl in den Vergnügungsräumen oben. In der Demimonde? Bisher, mit klarem Verstand, hatte sie das nicht gewagt. Nun gut, endlich war es so weit. Mit Etel hatte sie über solche Sonnenabenteuer schon oft ge-

sprochen, das passierte vielen. Wahrscheinlich würde sie
Etel gleich begegnen, wenn sie die Stiege hinunterging,
und Etel würde ihr gratulieren zu einer akzeptablen
Dummheit. Sie erkannte die Frau, die da neben ihr lag,
nicht. Es war auch viel zu hell, um sie zu erkennen.

Konnte es sein, dass sie selbst tot war? Sie ging es
durch. Alles, was sie noch wusste, war, dass sie allein zum
Kardinal gegangen war. Darko war ihr nicht gefolgt und
auch nicht nachgekommen. Kurz schoss ihr die Hitze in
den Kopf. Warum war er nicht gekommen? Dann beruhigte sie sich. Er hatte schon eine ganze Weile ge-
fremdelt. Er kam bald in den Ausgleich, schlich sich
gern allein herum in den Gängen. So lange hatte der
Sturm seine Kapriolen aufgeführt. Darko hatte jedes
Recht, noch dazu, da er fast erwachsen war, sich ein
wenig herumzutreiben. Doch wo war er jetzt, und wo
war sie? Wenn sie tot war, dann sollte sie sich doch erinnern, woran sie gestorben sei. Wenn sie tot war, dann
hatte sie jetzt alle Zeit der Welt – oder der Nachwelt –,
um herauszufinden, was geschehen war. Hatte sie der
Wind überrascht? Ein Ast? Ein Dachziegel? Eine Sal-
ve Windsplitter? Sie zog tief die Luft durch die Nase.
Wenn es nach dem Tod nach warmen Menschenkör-
pern roch, dann sollte es gut sein. Bloß der Ausschlag
auf den Oberschenkeln passte nicht dazu. Tote hatten
keinen Ausschlag. Wenn doch, war es eine Frechheit.
Sie streifte ein Stück Decke über ihre Beine. Besser so.
Die Frau schlief unbeirrt, trotz Silvias Raschelei. Wahrscheinlich war es erst Nachmittag, oder früher Abend.
Vielleicht lag sie erst eine Stunde hier, oder zwei. Vielleicht tot, vielleicht lebendig. So lange so viel Licht von

draußen hereinschien, konnte sie hier liegenbleiben. Darko würde sich herumtreiben, auch gut. Sie hatte ihn all die Zeiten gelehrt, wie man sich richtig verhielt, er würde keinen Fehler machen. Er würde nach Hause finden, von jedem Ort der Stadt, ohne jeden Zweifel. Sie blinzelte, ließ das Pochen in ihrem Kopf geschehen. Beim Zusammenkneifen der Augen meinte sie, kleinste Teilchen in der Luft wahrnehmen zu können. Sie waren länglich, wellenförmig, hatten stumpfe Enden. All die aufgewirbelten Teilchen, die sich niederlegen, dachte sie, die sich von weit oben herunterlegen.

Trotz träger Wohligkeit war sie hellwach. In Gedanken stand sie auf und suchte ihre Kleidung zusammen. Wenn sie mit den Füßen den Boden berührte, spürte sie Kälte? Stand sie auf einem wasserdurchtränkten Teppich? Oder verlor sie das Gleichgewicht und fiel? Bei einem anderen Versuch stand sie im Bett auf, spürte die weiche Matratze unter ihren Fußballen. Sie stellte sich in allen möglichen Variationen vor, aufzustehen, und blieb mit geschlossenen Augen liegen, wünschte, die Frau würde noch lange nicht wach werden. Die Frage, ob sie selbst tot oder lebendig sei, sollte auch bitte noch lange nicht geklärt werden. Der Zustand dazwischen gefiel ihr, er war der sicherste, den sie je erlebt hatte.

Dreizehntes Kapitel
In dem eine Zinnfigur zerbricht

Es stank, draußen und drinnen. Die Braunkohle drang mit jedem Atemzug in die Lungen und ihre Partikel schienen sich wie Schmieröl in den Atemwegen abzulagern. Nicht nur die Luft stank, auch jeder Gegenstand, jede Wand, jeder Türgriff, jeder Tisch, jeder Stuhl, jeder Schluck Wasser, schließlich man selbst. Dafür war der Wind gut, um die Schatten, die die Braunkohle in die Luft trieb, zu verwehen, weit weg in die Schneise hinein oder sonst wohin. Darko ließ sich auf der Ottomane nieder, die in der hohen Halle stand. Sein Blick landete an der stuckverzierten Decke.

„Hast du das schon einmal entziffert da oben?“

„Da steht nicht viel, Jahreszahlen und Erbauer. Warum bist du gekommen? Die Stadt stinkt und jeden Moment kann der Wind einfallen.“

„Es kommt auf die Windrichtung an“, sagte Darko. „Kommt er von Westen, schaffe ich es an den Hausmauern entlang bis herunter. Nur am Ring fliegt mir alles um die Ohren.“

„Hätte ich nicht gedacht, dass ein Kind vom Kerzenmarkt mit dem Wind gehen kann.“

„Jeder kann das.“ Es störte ihn, dass ihm ausgerechnet in diesem Moment das Bild der beiden Alten auf der Rampe in den Sinn kam. Er sah sie brennen und brutzeln, das Feuer flackern, die Haut sich auf ihren Nasen und Stirnen zusammenziehen.

Zofia setzte sich auf einen der Stühle, die im Raum herumstanden.

„Hoher Hund, Schere, Flügel, Rohr. Mehr brauchst du eigentlich nicht, um durch Stärke acht oder neun zu kommen."

Sie nickte zustimmend.

„Tiefer Hund, Schicht um Schicht, Hals und Hand, liegender Bär ..."

„Ist schon gut", sagte sie, „ich glaube es dir." Sie lachte, ihre Stimme verfärbte sich tiefer. „Ich ... wollte dich nicht beleidigen. Ich dachte, dass du sehr viel Humor hast; die Lüge mit deinem Namen, du erinnerst dich wohl."

„War keine Lüge."

„War keine Lüge, Tiberius!", keckerte Zofia. „Herr Tiberius, Kaiser des alten Roms, Träger von ganz viel Gemüse den Harten Rücken herauf."

„Am Harten Rücken geht es oft nur mit Luftanhalten. Ist eine natürliche Grenze, sagen die Leute im Haus. Die Klosterstraße ist der Harte Rücken, sie trennt die Kinderfamilien von den anderen."

„Was würden sie nur machen, wenn es diese Bauern da unten nicht gäbe und Gemüsehändler auf den Kerzenmarkt kämen und ihre Erdäpfel anböten", sagte Zofia.

„Am Kerzenmarkt ist doch keiner von der Gier befallen."

„Und die Schnapsbrennerei?", meinte Zofia.

„Meine Freunde unten in der Schwarzbach-Mulde, also die dort unten leben, waren noch nie am Kerzenmarkt."

„Hast du ihnen vom Bahnhof erzählt?"

„Ja klar." Darko log, denn er hatte, seit er Zofia kennengelernt hatte, noch kein Vančura-Kind getroffen. „Jedes Kind will die Lokomotiven sehen."

Sie schnippte ein paar Wachsbrösel auf den Boden und ließ sich neben Darko auf die Ottomane fallen, die nach Leder und etwas Süßem roch.

„Deine Freunde", fragte Zofia, „das sind Bauern, bei denen ihr das Essen holt?"

„Ja, die haben eine Villa und ein paar Felder."

„Villa Windschief", lachte Zofia.

„Es ist ziemlich ruhig bei denen. Der Wind geht meist denselben Weg dort unten, weil dahinter ein Hügel ist. Sie spüren nur den Westwind."

„Ach, das sind die Häuser am Waldrand. Haben sie auch Tiere?"

„Nein, Felder, ein paar Felder, aber keine Tiere."

Er streckte die Beine aus. Obwohl nur wenig Licht von draußen hereinfiel, war es hell in der großen Halle, in die von zwei Seiten Treppenabgänge herabführten. Unter der einen Treppe standen Paravents, bespannt mit dunklen Stoffen, die braune Blumenornamente, exotische Tiere und Menschen zierten.

„Es werden jetzt zwei Männer vorbeikommen", sagte Zofia, „Freunde", setzte sie nach. „Naja, du wirst sie kennenlernen. Verrat ihnen nicht zu viel, sie sind neugierig, besonders der Kleinere."

Darko schob sich über den Rand der Ottomane und schaute kopfüber in die große Halle. Der Rauchgestank mischte sich mit Schimmelgeruch. „Ich war bei der Rampe."

„Wieso gehst du dort hin?"

Darko fühlte sich stark, fast mächtig. „Hat mir die Hausvorsteherin angeschafft. Musste einen Toten tragen."

„Dass sie dich dorthin schickt, das sagt mir, dass du am Kerzenmarkt nicht der Beliebteste bist, nicht?"

„Es sind zwei alte Leute aus unserem Haus gestorben." Darko hing von der Ottomane; die Bilder vom Leichentransport liefen ohne Ton in seinem Kopf ab und überlagerten sich mit den Szenen auf Zofias Paravents, auf denen Elefanten, Tiger, Löwen und ein paar Figuren mit seltsamen Kleidern kämpften. Er konnte Zofias Beine erspähen. Sie trug eine lange Hose und ein Hemd. Ihre Erscheinung war anders als beim letzten Treffen, eleganter und sauberer.

„Warst du schon einmal dort?"

„Nie", sagte Zofia mit Bestimmtheit.

Darko zog sich hoch, richtete seinen Kopf auf. Sein Blick verschwamm ins Schwarze mit silbernen Punkten vor den Pupillen. „Sie verbrennen die Toten, weil sie nicht richtig tot sind, oder?"

„Unsinn", sagte Zofia. „Sagt das deine Mutter? Sie wissen nicht, wohin mit ihnen. Früher hat man sie begraben. Warst du noch nie auf einem alten Friedhof?"

„Klar, bloß, einer von denen, die mit mir im Haus wohnen, hat gemeint ..."

„Pfff", machte Zofia, „Schauergeschichten. Ist er ein Politischer?"

„Er heißt Hermann", sagte Darko. „Silvia, also meine Mutter, traut ihm nicht über den Weg. Aber mir erzählt er viel."

Silvia hatte ihm davon abgeraten, Politischen zuzu-hören, von denen es einige im Haus gab. Seit dem Lei-chentransport aber schien ihm diese Eigenschaft, so sie überhaupt auf Hermann zutraf, keine schlechte mehr zu sein. Er war neugierig.

„Du solltest auf deine Mutter hören; ich wette, sie kennt die Leute um euch herum sehr gut", meinte Zofia.

„Die Leute auf den Gleisen da unten", sagte Darko, „sind die Politische?"

„Das dort unten sind hauptsächlich Dummköpfe und Trinker."

„Trinker?"

„Ha, mein Freund. Das sind die Leute, die bei den Händlern den Schnaps kaufen, den Leute wie deine Freunde, Bauern, aus ihren Erdäpfeln brennen."

„Aha", sagte Darko.

„Sie ziehen wie weggeschickte Biber durchs Land."

Darko hievte sich von der Ottomane hoch, sein Kopf schwirrte. Er folgte Zofia, die im Reden herum-ging, in den abgeteilten Raum hinter die Paravents. Dort sah es ganz anders aus. Der Boden war mit gemus-terten Teppichen ausgelegt, an den Wänden standen Kommoden und Tischchen, darauf stapelweise Bücher. Er ging auf einen Bücherstapel zu und las die Schrift auf den Rücken.

„Kannst dir welche ausborgen", sagte Zofia, „aber bring sie mir wieder. Obwohl, wenn du da mit meinen Büchern am Kerzenmarkt auftauchst, werden sie wissen wollen, wo du die herhast. Lies lieber hier bei mir."

„Es gibt einen Bücherraum im Haus bei uns."

„Tatsächlich. Neue Bücher auch?"

„Neue Bücher? Nein. Silvia meint, so was gibt's nicht."

„Da könnte sie recht haben. Ich dachte, da oben am Kerzenmarkt ist den Leuten langweilig, aber was sollten sie schon schreiben."

„Naja, es wird mitgeschrieben bei den Hausversammlungen."

„Wer macht das?"

„Ich muss."

„Eine gute Übung für ein Kind."

„Ich hasse es", er zögerte, „ein Kind zu sein."

„Schreibst du da immer die Wahrheit rein, also den Stumpfsinn, den die Leute dort reden?"

„Ich schreibe, was ich schreiben muss."

Darkos Blick schweifte über Perlmuttbroschen, verzierte Bilderrahmen, Lampenschirme, Kristallväschen, kleine Teppiche. Er schrieb natürlich nicht alles, was dort geredet wurde, sondern erfand auch dazu. Von ihm stammte die Geschichte, dass jemand einen Gauch gehört habe und der Sache auf den Grund gehen wolle. Einen Gauch, einen Gauch? Das Haus war in heller Aufregung. Gäuche gab es doch keine mehr! Von Darko erdacht war auch die neue Regelung, dass der Gangfegedienst nur mehr alle zwanzig Tage wechsle, das wurde erstaunlicherweise sogar umgesetzt.

„Na gut", sagte er, „alles stimmt nicht, was ich schreibe. Sind doch lauter Schlafwandler dort." Er erzählte Zofia von dem Gauch, den er in das Protokoll geschwindelt hatte, nachdem ihm die Vančura-Kinder ein altes Lied beigebracht hatten, in dem Gäuche besungen wurden. Lange schon gab es diese Vögel nicht mehr, doch am Kerzenmarkt dachten die Leute jetzt alle, sie kämen an Maitagen dahergeflogen; sie erfanden zu Darkos Geschichte fleißig dazu, bis sogar einmal jemand meinte, er habe ihn wieder gehört, den Ruf des Gauches.

Zofia kamen die Tränen vor Lachen.

Darkos Blick blieb beim Erzählen neben einem verzierten Bilderrahmen haften. Dort standen in einer Kredenz gut drei Dutzend Zinnfiguren, vorne in der Reihe ein durchgehendes Pferd, die Vorderhufe in der Höhe, darauf ein Reiter, der nach hinten kippte. Zofia verschwand hinter den Paravents und er ließ den Blick über die Figuren wandern, stellte sich vor, ein ganzes Zinnfigurenleben lang dieser Mann auf dem Pferd, das durchgeht, sein zu müssen. Hector wäre sein Name. Hector war unterwegs mit seinem Pferd Mütz, er war schon ziemlich weit gekommen, bis weit hinter die Große Westschneise. Wobei die Durchquerung der Schneise einfacher war als angenommen, über Pfade hinab durch einen langen, canyonartigen Graben und über felsiges Gelände wieder hinauf. Hector führte Mütz meist am Zügel, damit Mütz das Gepäck tragen konnte, eine Tasche mit ein paar Habseligkeiten und warmer Kleidung. Außerdem trug Mütz eine Art Helm mit Auslassungen für seine Ohren und eine Decke, damit ihn kein Windsplitter verletzen konnte.

„Hattest du die als Kind?", fragte Darko.

„Nein, hat mir jemand geschenkt, der auf der Durchreise war. Ich interessiere mich für Soldatisches nicht so sehr. Nimm sie heraus, wenn du magst, du kannst sie auch anders hinstellen."

Darko erkannte eine dreifärbige Fahne, blau-weiß-rot, und eine mit den gleichen Farben, nur von oben nach unten anders angeordnet, weiß-blau-rot. Sie hing auf einem Trichter. Flaggen kannte er aus einem Buch, das er mit den Vančura-Kindern durchgeblättert hatte. Er stellte die Blau-Rot-Weiße auf, schob einen der Trichter in die Mitte. Was die nur anstellten, diese Figuren? Welcher Arbeit sie nachgingen? Vermutlich ein Minenarbeitertrupp, oder viele Minenarbeitertrupps.

„Ich habe sie auch schon aufgestellt."

Darko erschrak. Ein bulliger Mann mit furchigem, bartstoppeligem Gesicht, ein Hölzchen im Mund, setzte sich neben ihn und begann, die Figuren in einer neuen Reihe aufzustellen.

„Diese hier", sagte er, „siehst du, nennt man Artillerie, die Bodentruppen. Die Franzosen hatten die beste Artillerie, und der Grund dafür war ..."

„Lass das kriegerische Gerede", fiel ihm Zofia ins Wort. „Ich hätte sie wegwerfen sollen."

„Das ist kein kriegerisches Gerede", der Stoppelige richtete sich wieder an Darko. „Sie hatten einen Ingenieur, einen klugen Mann ..."

Also doch ein Minenarbeitertrupp, dachte Darko.

„... der organisierte die gesamte Artillerie neu, vereinheitlichte das Kriegsgerät, ordnete die Aufstellung, eigentlich ein wirtschaftlich denkender Waffenstratege. Und gelernt hat er all das von den Österreichern."

„Mein lieber Stribog, was erzählst du da nur für einen Unsinn von Kriegen. Ich werfe diese hässlichen Figuren weg, ich zertrete sie."

„Das machst du nicht, oder? Sie erinnern dich doch viel zu sehr an deinen alten Freund."

„Rox, sei still jetzt, sei jetzt still."

„Es sind Geschichtsträger. Damals haben die Menschen", der Mann wandte sich wieder an Darko, „gegeneinander gekämpft, um Land, um Städte, um Baustoffe und vor allem um …"

Darko sah diesen Rox gebannt an.

„… um Nahrungsmittel."

„Das muss lange her sein", sagte Darko.

„Ist es auch."

„Wie lange? Mehr als zwei Leben?"

„Das weiß ich nicht, aber es wird schon ein paar Leben zurückliegen."

Ein herber Geruch breitete sich aus. Darko meinte darin etwas Rauchiges zu erkennen. Es roch wie in einer Speisekammer, nach Schweiß und gärendem Gemüse, oder gar wie über Feuer Gebratenes.

„Bist du von unten?", fragte Darko.

„Was meinst du mit *unten*?"

„Beim Bach unten, in der Mulde unten."

„Ob ich ein Bauer bin, meinst du?" Rox verschluckte einen Lacher, räusperte sich, kaute dabei noch schneller auf seinem Hölzchen herum, was Darko irritierte, und ließ eine Zinnfigur in seinen großen, furchigen Händen verschwinden. Sie wirkte darin winzig.

„Vielleicht interessieren dich die Ritterschlachten mehr?"

Rox legte ihm eine Figur mit Helm und Federbuschen in die Hand, bei der Berührung spürte Darko seine raue Haut. Solche Hände, dachte er, haben die Leute am Fluss unten. Der Geruch hatte den ganzen Raum eingenommen, schien Darko, einen großen Raum.

„Naja, Ritter sind das natürlich keine", betonte Rox, dieses Mal ohne jeglichen Unterton. Er stellte sie weiter in Reihen auf. „Altes Spielzeug", murmelte er.

„Spielzeug", sagte Zofia leise, verächtlich.

„Ja klar", sagte Rox, „sie haben solche Sachen gerne gemacht, um ihre Ideale hochzuhalten. Mit ihren Flaggen und dem ganzen Zeugs. Wir wissen ja gar nicht, ob das der Realität entsprochen hat."

„Sie tragen Uniformen", meinte Darko, „hab ich schon mal gesehen. Wie die Bergarbeiter im Braunkohleschacht."

Rox lachte. „Ja, die kämpfen für unsere Elektrizität und die Edison-Lampen."

„Nein", sagte Darko, „nicht die Bergarbeiter."

„Wo hast du jemanden in Uniform gesehen? Gibt es in deinem Haus solche Leute?"

„Nein", sagte Darko, „in einem Buch."

„Dann solltest du in die Bibliothek gehen, auf die Universität, wenn du Bücher magst."

„Die ist geschlossen."

„Sagt wer?"

„Meine Mutter."

„Sagt man das so, geschlossen", lachte Rox. „Natürlich ist sie geschlossen. Nur was bedeutet *geschlossen*, wenn man nur die Tür öffnen muss und hineingehen kann."

„Man kann doch nicht einfach hineingehen, Rox", sagte Zofia. „Erzähle ihm keinen Blödsinn, er ist kein Kind mehr."

Darko hätte Zofia gerne umarmt. „Politische", sagte er unvermittelt.

„Wer?", fragte Rox.

„Sind dort Politische? Dort, wo du bist?"

„Er ist schlauer als du", lachte Zofia, „schlauer, viel schlauer", und verpasste Rox einen Tritt gegen das Schienbein.

„Nein, keine Politischen", Rox spuckte ein zerkautes Stück Holz auf den Boden, „nur Menschen, die an den vergessenen Inhalten von Büchern interessiert sind. Kein Hausvorsteher kann dagegen etwas machen, dort gibt es nämlich keinen mehr."

„Weil ihr ihn verjagt habt", sagte Zofia.

„Du weißt, dass es nicht so war", meinte Rox jetzt ernst. „Bevor das ganze Haus eingestürzt wäre, haben wir die Bücher gerettet."

„Das gibt es nicht", sagte Darko ganz leise. Hausvorsteher gab es doch überall. Er überlegte, dort einmal hinzugehen, doch diesen Rox wollte er nicht treffen – oder doch? Wenn er ein Freund von Zofia war, dann würde er ihm wohl nichts anhaben. Was für ein Blähmaul, was für ein Schaumschläger. Und er stank nach Essig und Fleisch, jetzt konnte er es benennen. Nach Shashlik. Einmal hatte er das bei den Vančuras gegessen, ein einziges Mal. Es hatte fabelhaft geschmeckt.

„Vielleicht gibt es ja jemanden, der sich um diese Bibliothek kümmern und sie wieder öffnen könnte", sagte Zofia.

„Wie gesagt, sie ist offen", wiederholte Rox rechthaberisch. „Ich geh dort ein und aus."

„Nicht so offen wie die Oper", warf Darko ein.

„Ach, ein Musikfreund bist du?"

Darko nickte – wo er doch in der Oper gewesen war, den *Brouček* anschauen durch die Türritzen, und jede Gelegenheit nutzte, um sich Musik anzuhören, die menschliche und die des Windes.

„Da hat er recht", sagte Zofia, „offen ist nicht gleich offen. Es müsste schon jemand dort sein und dafür sorgen, dass ..." Sie fächelte mit ihren Händen herum, lachte und küsste Rox auf den Hinterkopf, was Darko irritierte. Sie küsste diesen nach Essig, Tierfleisch und Schweiß stinkenden Hinterkopf.

„... dass es eine Art Ordnung gibt." Das sang sie fast, wie eine Opernsängerin. „O-hord-nung." Und sie lachte herzlich.

„Sind denn unsere Leben nicht geordnet genug", sang Rox mit geschürzten Lippen. „Ge-ord-net. Bist du ein Ordnungsliebhaber, du kleiner Musikfreund. Magst du die schön gespielten Noten gern?"

Darko empfand diesen Menschen nun als unangenehm, nein, weit mehr als unangenehm: Er hasste ihn. Er zog die Beine ein, um nicht in die Nähe seiner Füße zu kommen. „Seid ihr Geschwister?", fragte er.

Beide lachten sie, schallend, sodass Darko das Hallen von den hohen Wänden als unangenehm empfand.

„Nein", sagte Zofia. „Er ist, er ist ..."

„... ein Freund", sagte Rox, „ein alter Freund."

Zofia kicherte noch weiter. Ihre Narbe trat ein Stück hervor, als sie sich über Rox beugte und ihn erneut auf den Kopf küsste.

„In unserer Zufriedenheit brauchen wir keine übergeordnete Instanz", schloss Rox wieder an sein herrisches Geplapper an, im selben, leicht angriffigen Tonfall, in dem er von der Universität gesprochen hatte. Dann fragte er beiläufig, mit den Augen auf Zofia. „Woher kommst du?"

Von den Gleisen unten, wollte Darko sagen, doch da kam ihm Zofia zuvor: „Er ist mit einer Draisine angekommen."

Rox schüttelte den Kopf. „Und gleich bei dir eingezogen?"

„Vom Kerzenmarkt", stellte Darko richtig und bereute gleich, nicht auf Zofias Witz eingestiegen zu sein.

„Dafür, dass du vom Kerzenmarkt kommst, scheinst du wirklich ein schlauer Kerl zu sein."

„Wie meinst du das?", fragte Zofia.

„Naja, dort gibt es ja nicht gerade viel Abwechslung, sind doch alles Alteingesessene über die Zeiten."

„So viel Abwechslung wie in deiner geschlossenen Universität gibt es bestimmt nicht", sagte Darko.

Rox lachte auf.

Er schien etwas Grünes an den Zähnen zu haben. Hatte er etwa gegessen? Beleibt war er nicht. Darko fiel in dem Moment ein, wie er mit Silvia einmal mit einem Karren voller Gemüse über den Harten Rücken unterwegs gewesen und der Karren ihnen entglitten, nach hinten gekippt und die Straße bergab gerollt war; die grünen Zucchini hatten eine Spur der Verschwendung hinterlassen. Sie konnten nur einen Teil wieder einsammeln, der Wind war zu stark.

„Gestern, auf der 72, hab ich sie endlich bekommen", sagte Rox und legte ein schmutziges Päckchen auf den Tisch.

Zofia beugte sich darüber, nestelte das brüchige Papier auseinander. Ein paar rote Kapseln fielen auseinander. Zofia nahm eine, es raschelte.

„Kein Kommentar?", sagte er.

Sie schüttelte den Kopf. „Hätte nicht für möglich gehalten, dass du die bekommst. Und jetzt? Die haben dich ein Vermögen gekostet, oder?"

„Brausepulver", lächelte Rox, „nur reines Brausepulver."

„Idiot", meinte Zofia.

Darko hatte so etwas noch nie gesehen. Er lehnte sich zurück, um nicht Rox' stechendem Atem ausgesetzt zu sein, das alles gefiel ihm nicht.

„Ist deins", sagte Rox und nickte Zofia zu.

Sie packte die roten Hülsen wieder zurück in das Papier und steckte sie in eine Lade. „Wenn das Wetter wechselt, dann tut es am meisten weh."

„Die sind stärker dosiert", meinte Rox ohne jegliche Ironie in der Stimme, „die werden helfen, das haben sie mir gesagt."

Darko spürte zwei Metallstücke in der Hand. Er hatte die Zinnfigur zerbrochen.

Rox griff Darko auf die Schulter: „Geschichte ist nicht uninteressant."

„Geschichte ist Vergangenheit", unterbrach Zofia.

„Nicht, wenn sie dir hilft. Glaubst du wirklich, dass alle Menschen so leben wie am Kerzenmarkt, sich vergraben in ihren Maulwurfslöchern?"

„Ich habe Freunde unten am Fluss", sagte Darko und manövrierte die zerbrochene Zinnfigur in seine Hosentasche, dann stand er auf und schlichtete die anderen

Soldaten vom Tisch zurück auf die Kommode. Dass Zofia sie abzählte, nahm er nicht an. Bevor der zweite Witzbold dieser Art kam, wollte er sich lieber aus dem Staub gemacht haben.

Die Gespräche gingen ihm den ganzen Heimweg über und bis spät in die Nacht durch den Kopf.

Vierzehntes Kapitel
In dem Besuch kommt und eine Wendeltreppe in die Tiefe führt

Auf dem Rückweg vom Bahnhof schlich sich Darko einige Tage später in den verwachsenen Hof des alten Kapuzinerklosters, das schon lange vor seiner Zeit zu verfallen begonnen hatte. Hinter einem meterhohen Weißdorn stemmte er sich gegen ein hölzernes Tor. Dahinter war die Treppe zur Gruft. Er lief hinunter und setzte sich auf die unterste Stufe, bis seine Augen die Dunkelheit aufnehmen konnten. Von dort musste er sich an den Ziegeln, die voll von Fäden, moosigen Polstern und Gespinsten waren, über einen langen, schlammigen Gang entlangtasten, bis zu einem eisernen Tor. Silvia hatte es ihm mehrere Male gezeigt und ihn nachmachen lassen, wie man den Schlüssel, der innen steckte, mit der Hand erreichen konnte. Dazu war es nötig, das Handgelenk bis zur Schmerzgrenze zu verdrehen, mit aller Kraft zuzupacken und zu drehen – und war er drin, durfte er nicht vergessen, wieder zuzusperren. Dann stand er in einer Kapelle und musste exakt eine Linie halten, die ihn durch die Mitte des Raumes führte. Seitlich lagen seit Unzeiten die Reste der Mönche mit ihren Kapuzen über den Schädeln und langstieligen Kreuzen in den Händen. Gesehen hatte er sie noch nie, zu finster. Silvia hielt es wie die anderen im Haus: nie auch nur hinschauen, das bringe großes Unglück. Diese Toten bewachten den Kerzenmarkt.

Darko balancierte durch die Kapelle, Fuß vor Fuß in einer engen Linie, bis er einen kniehohen Stein erreichte, an dem er sich jedes Mal stieß. Wenn es weh tat, hatte man es richtig gemacht, hieß es. Er fasste sich ans Schienbein, tastete, ob es blutete – tat es nicht –, hob ein Bein und stieg auf den Stein. Dahinter schlüpfte er durch ein Loch in der Wand und stand knöcheltief im Wasser, durch das er einen weiteren kurzen Gang entlangschlurfte. Früher hatte er durch den Durchlass gehen können, ohne sich zu bücken, jetzt musste er tief in die Knie gehen. So nahe lag das alles beisammen, die Kapuzinergruft mit den Schutzpatronen dieses Ortes, die Kellergänge, der Markt, ihre Wohnung.

Auf dem unterirdischen Platz war seit Längerem kein Markt mehr abgehalten worden. Darko sprach, wenn sie ihre Waren hier feilboten, gerne mit den Kerzengießern. Es solle weiter südlich, nahe der Großen Westschneise, eine Bienenzuchtanstalt geben, hatte Silvia erzählt. Ein paar Leute im Haus hatten getuschelt, es gebe auch Kerzen aus Tier- und Menschenfett, was die Kerzenverkäufer gleich in ein schiefes Licht stellte. Darko schob einen Pflasterstein zurück in sein Loch, dann lief er den ausgetretenen Weg und entlang der glatten, weißen Wände mit ihren Blumenornamenten – alles, was Dornen hatte, war hier zu sehen – weiter zu ihrem Haus.

Die Großmutter, die er bei ihrem Namen nannte, Gina, stand bei der Wohnungstür. Ohne sich zu rühren, sah sie ihm zu, wie er den Gang heruntergelaufen kam. Darko war erleichtert, als er sie sah. Sie war bestimmt mit Silvia verabredet, die also endlich wieder da war. Ginas Finger und Handballen fühlten sich bei der Begrüßung weich, wulstig und trocken an.

„Sperr auf", sagte sie.

„Wieso?", meinte er. „Bist du nicht schon am Gehen?"

„Am Gehen", äffte Gina ihn nach. „Nein, ich komme von der Rodelbahn."

„Von wo?"

Gina machte eine wegwerfende Handbewegung, dann schnäuzte sie auf den Boden. „Mach schon auf und sag mir, wo deine ..., wo Silvia ist. Ich warte hier auf sie."

Gina nahm im grünen Korbstuhl Platz, ließ links und rechts davon ihre Taschen fallen. Von ihrer abgestützten rechten Hand weg zog sich ein dünner Qualmfilm zur Mitte des Raumes. Als Darko die Kerzen am Tisch anzündete, zog sie tief an ihrer Zigarette.

„Ich dachte, ihr habt Strom hier am Kerzenmarkt", sagte Gina süffisant, „E-lek-tri-zi-tät? Oder darfst du das nicht betätigen?"

Darko gab ihr keine Antwort.

„Brauchst du Zigaretten, Kind? Ich gebe dir welche, hier."

„Nein", sagte Darko, „oder möchtest du, dass ich nicht in den Ausgleich komme?"

„Deine Ziehmutter erzählt dir saubere Lügen", und sie deutete mit beiden Händen auf ihren Brustkorb und lachte laut. „Aber mir ist das doch völlig egal, ob du rauchst."

„Ich möchte nicht", sagte er und rückte zurück.

„Du brauchst ja nicht gleich rabiat werden."

Silvia konnte es nicht ausstehen, wenn ihre Mutter in der Wohnung rauchte. Kaum jemand am Kerzenmarkt hing diesem Laster an, zumindest nicht öffentlich.

„Wenn ich dir welche gebe, dann könntest du mir hier ein paar Kunden auftun. Du verkaufst und bekommst Provision – in Naturalien. Kannst du auch weiterverkaufen. Ich wette, du hast kein Geld, oder? Musst alles ins Essen stecken."

„Nein, das ist nicht so", sagte Darko, er log.

Die Elektrizitätswerke, die Schneiderei und die Schuhmanufaktur brachten kaum Gewinn für die Stadt und konnten auch keine regelmäßigen Auszahlungen garantieren, so viel hatte Darko schon mitbekommen. Der Tabak, den sie in der Festung lagerten, war das einzige einträgliche Geschäft, wovon sich die Bewohner etwas abzwackten, was auch niemanden störte. Dafür waren Wachdienste zu leisten, um den Tabak vor möglichen Gefahren von außen zu schützen.

„Ist guter Tabak", sagte sie, „nicht das gestreckte Zeug, das du von den Kerzenhändlern bekommst."

Dieser langgezogene Dialekt, Silvia hatte ihn sich abtrainiert. Ist von den Unterhäuslern, hatte sie gesagt. Gina verwendete die Hochsprache gerne tänzelnd und näselnd, wenn sie mit Silvia sprach, während sie in der Festung dieselbe Hochsprache ohne jeden Affekt benutzte. Nur manchmal kippte sie, wenn sie sich mit Darko unterhielt, ins Unterhäuslerische. „Dee alte Heermann", sagte Gina. „Der rauch doch, nich?"

„Der rauch nie", sagte Darko, „nieje." Er mochte diese Sprache. Er konnte darin denken. Das war es, was ihm an den Treffen mit Gina gefiel.

„Gutt", sagte sie, lehnte sich zurück, ließ die Zigarette fallen und trat sie aus. Darko sprang auf und räumte sie weg.

Bei den Vančuras war geraucht worden, wenn die Kinder zu Abend aßen. Das erzählte er Gina natürlich nicht. Silvia hätte gerne mitgeraucht, doch wäre das eine zu starke Konzession an ihre Mutter gewesen, hatte sie gesagt, also ließ sie es.

„Willst?", probierte es Gina noch einmal.

„Nee", sagte Darko, „dange, ich rauch nich."

„Oh, gutt", sagte sie, jetzt ruhig, „außer du hast Hunger. Hast du Hunger? Den kannst du mit Tabak vertreiben. Als ich für Silvia nichts zu essen hatte, da hätte ich den Tabak gebraucht, hätte gut ihren Hunger vertreiben können. Wo iss sie?"

„Ich weiß nicht, wo sie ist, Gina." Er sprach es aus und spürte die Übelkeit. Der Hunger war daran schuld, aber auch die Angst.

„Wann hast du sie zuletzt gesehen?"

„Am Maitag, als der Wind weg war."

„Welcher Maitag? Ach so, der Maitag, der letzte. Das ist ja ein Dutzend Tage her. Was hat sie vorgehabt?"

„Sie ist vielleicht bei den Vančuras unten."

„Aber da hast du nicht nachgesehen ..."

„Nei, nei, neiin."

Mit der einen ihrer dünnen Hände erwischte sie ihn am Oberschenkel. Ihre Finger drückten sich tief in sein Muskelgewebe. Sie zog ihn an sich, sodass er den trockenen, hautigen Geruch ihrer Hände wahrnehmen konnte, hinter all dem kalten Rauch. Ihre Haare hingen wie dreckige Wollfäden seitlich von ihrem Kopf, die Stirn war hoch. Mit Silvias kompakter Erscheinung hatte sie keine Ähnlichkeit.

„Was hat se gemach, an dem Mäitach?"

„Sie is mi de andre mitgegangen."

Langsam entwand er sich ihrem Griff, da schnappte sie erneut nach ihm und schaute sich gleichzeitig in der Wohnung um.

Der ganze Raum war mit einer gleichmäßigen Staubschicht belegt. Auf der Ottomane, die neben Darko stand, lagen zerknüllte, schmutzige Tücher.

„Geh runter zu denen Leute. Schau nach!"

Er saß still und fror, seine Füße waren kalt.

„Ich muss jetzt gehen", sagte sie. „Wenn meine Tochter wieder da ist, dann kommt rauf zu mir. Has gehö? Kommt rauf zu mir."

Er war froh, als sie draußen war. Nach ein paar Minuten, sie musste schon über den Platz sein, ging er zur Eingangstür und prüfte, ob er sie richtig verschlossen hatte, legte sich in den Alkoven und las im dämmrigen Kerzenlicht das Buch, das ihm Zofia doch noch geborgt hatte. *Krantz' großes Tierlexikon*. Er blieb bei den Eichhörnchen. Alte Baumbewohner. Davon hatte er gehört. Seine Augen brannten, und obwohl er sich auf die Tiere konzentrieren wollte, drang Gina in seine Gedanken, paffend und maulend. Er klappte das Buch zu, schaute in die Kerze, klappte es wieder auf. Dann streckte er sich, legte das Buch auf seiner Brust ab. Es half alles nichts, die Wohnung schien ihm enger denn je. Er stand auf und ging vor die Tür, schlich im Haus herum, überlegte, ob er in die Keller gehen sollte. Gina, Gina, murmelte er vor sich hin, und sie schien ihm wie ein absurdes, fernes

Wesen mit einem Eichhörnchenkörper. Klein war ihr Kopf, ihr Gesicht klamm, ihre Nase ein schmaler Kegel. Eichhörnchen-Großmutter Gina, dachte er, und da stand sie schon vor ihm, die Nase noch spitzer als zuvor. „Mutter", sagte er, „lass mich", doch sie blieb stehen, wie ein Baum, der sich dem Westwind wie dem Ostwind beugte und doch fest verwurzelt war. „Geh in deinen Alkoven zurück", sagte sie. – „Nuuin", sagte er und zog Luft durch die Zähne, dass es zischte. „Was soll das, Gina", rief er, „warum gehst du nicht zurück in die Festung?" – „Üch bleibe hür, bis meine Tochter kommt, Bube", sagte sie, die Nase immer kegeliger und spitzer. Er sank zusammen unter dieser ihrer Größe, dann war sie weg.

Hermann stand vor ihm. „Wenn sie dich hier so herumlümmeln sehen, bei offener Tür, Junge, teilen sie dich für die nächste Arbeit ein", sagte er, streckte ihm eine Hand hin und zog ihn hoch. Die Tür musste von einem Luftzug aufgestoßen worden sein. „Du willst sicher nicht noch eine Leiche zur Rampe schleppen, oder?" Hermann lächelte.

„Wer ist gestorben?"

„Ach, niemand. Komm mit", sagte Hermann.

Darko war neugierig und folgte ihm den Gang entlang und die Stiegen hinab bis in den untersten Stock. War Hermann denn umgezogen? So weit unten wohnten nur ein paar wenige Leute, die einen eigenen Ausgang hatten. Für ganz unten hatte er ein striktes Verbot. „Wenn die dort unten dich sehen", hatte Silvia häufig gewarnt, weil sie genau wusste, dass er gerne herumschlich, „dann werfen sie uns aus dem Haus." Daran hatte er sich bisher meist gehalten, doch in Hermanns

Schlepptau meinte er, es wagen zu können. Hinter dem dunklen Gang auf der unteren Etage war eine Tür, so weit war er schon ein Mal gekommen, ein einziges Mal, das er selbst schon vergessen hatte, vergessen wollte, wegen der drohenden Konsequenzen. Hermann riss die Tür mit einem Ruck auf. Eng war es. Dahinter begann der Abgang einer Wendeltreppe.

„Solche Treppen stammen aus Vor-Wind-Zeiten", sagte er. „Dir ist schon klar, dass es diese Zeiten gegeben hat, Junge, oder? Oder? Ich will gar nicht wissen, was man den Kindern heute erzählt – oder erzählt man ihnen überhaupt etwas?"

„Wenig", sagte Darko ausweichend.

„Wenig", wiederholte Hermann. „Also, diese gusseiserne Wendeltreppe hier, die stammt von vor dem Wind, und damals, in der alten Hauptstadt ..."

„Wien!"

„Richtig! Bravo! ... waren solche Treppen in Mode. Man hat damals viel gebaut, ist heute nicht mehr notwendig. Auch nicht mehr möglich."

„Warum?", fragte Darko.

„Weißt du, wie Füchse wohnen?", entgegnete Hermann.

„Nein."

„Ein Fuchs gräbt seine Höhle nicht gern selbst. Er könnte es, aber er tut es nicht, also sucht er sich einen Kaninchen- oder einen Dachsbau."

„Und vertreibt den Dachs", sagte Darko.

„Nicht unbedingt. Der Fuchs nutzt am liebsten die alten Dachsbauten, die die Dachse schon verlassen haben."

„Aber das Kaninchen frisst er."

„Auch das nicht. Fuchs und Kaninchen teilen sich die Höhle. Sie machen es wie wir. Hast du dich nie gefragt, aus welcher Zeit unsere Häuser stammen?"

„Aus Vor-Wind-Zeiten?"

„Wahrscheinlich", sagte Hermann.

„Wann war vor dem Wind?"

„Zu einer Zeit, als man noch alles einteilte, in Jahre, Monate, Wochen, Tage."

„Tage gibt es bei uns auch."

„Genau. Tage, aber nicht mehr", sagte Hermann.

„Was ist mit den Wochen geschehen, den Jahren?"

„Geben tut es das alles noch. Die Zeit bestimmen die Gestirne da oben, von daher hat man sich alles errechnet. Nur wenden wir es nicht mehr an. Und bald werden wir vergessen haben, dass es einmal diese Einteilungen gab."

Die Wendeltreppe knarzte und quietschte, als sie hinabstiegen, und es war finster. „Langsam", wies Hermann Darko an, „und such dir jede Stufe einzeln."

Darko ging durch den Kopf, dass Silvia ihn vor Hermann gewarnt hatte, mehrmals, vor Hermann, der sich immer, wenn er nach einer Hausversammlung an sie herantrat und, wie Silvia sagte, *siebensüße* Worte von sich gab, nach Darko erkundigte, ob sie nicht Hilfe bräuchten, ein paar Bücher. Zu ihnen war er nicht griesgrämig. Eine Falle sei das, argwöhnte Silvia. Jedes Mal wimmelte sie ihn ab, jaja, danke, das Kind habe genug zu lesen, sie sorge dafür. Er lächelte dann, eine Art Lächeln, das auch Darko unheimlich war und an dem er zu erkennen glaubte, dass Silvia recht hatte, wenn sie meinte, er wolle irgendetwas einfädeln, um sie aus dem Haus zu befördern.

Als Darko bereits Dutzende Treppenstufen mit den Zehen ertastet hatte, war er plötzlich überzeugt, Hermann auf den Leim gegangen zu sein. Gleich würde er ertappt, gleich hätte er sich und Silvia zum Gegenstand der nächsten Hausversammlung gemacht mit seinem verbotenen Ausflug. Hermann würde alle Schuld von sich weisen; das Kind sei ihm neugierig nachgegangen, was auch immer. Darko überlegte, zu lügen, zu behaupten, er habe den Ausgleich fast abgeschlossen, sei schon mit halbem Magen fertig, habe die ersten Tage ohne Nahrung hinter sich und hoffe, es bald ganz ohne Essen zu schaffen. Dabei spürte er den Hunger in den Beinen, musste täglich vier, fünf Mal essen, am liebsten sechs Mal, und wenn er in der Nacht aufwachte, dann, weil sein leerer Magen ihn rief, laut rief.

Darko spürte Hermanns suchende Hand. „Pass bloß auf hier. Es ist noch ein Stück da hinunter."

Er könnte diese Hand jetzt nehmen und ihm einen Schubs geben und dann zurück in die Wohnung und sich einschließen. War es diese Tat wert, das Wohnrecht zu behalten? Für einen kleinen Moment dachte er, ja, und suchte Hermanns Hand, die sich aber wieder entfernt hatte.

„Junge, komm, komm, wir sind gleich da", hörte er seine Stimme.

Unsicher stieg er weiter hinab, es schien elendslang zu dauern, bis endlich auf eine Stufe keine mehr folgte und er sich beinah in Erwartung eines Schrittes nach unten den rechten Fuß verknackste.

„Jetzt geradeaus!"

Es war stockdunkel, kein Lichtspalt von oben wie in anderen Gängen, kein elektrisches Lämpchen. Darko konnte schon mit der kleinsten Lichtquelle sicher gehen, doch hier war er blind.

Hermann klopfte die Wand ab, bis er auf einen Hohlraum stieß, wogegen er sich stemmte, mit dem ganzen Körper, bis etwas nachgab und im nächsten Moment alles von einem fahlen Schein erfüllt wurde. Lichtwellen frästen sich durch die puddingdicke Dunkelheit. „Gut, hier", sagte Hermann, „hier ist es." Darko betrat den Raum. Kisten und Fässer. Regale, Kisten und Fässer, und Bücher. In Massen.

„Wohnt hier unten jemand?"

„Keine Chance", sagte Hermann, „es ist viel zu nass, spürst du es nicht?"

Darko schnupperte. Es schien ihm nicht anders als oben zu sein, vielleicht eine Spur kälter.

„Da", sagte Hermann, „mach es auf." Er hantierte herum und rollte ein blaues Fass durch den Raum.

Darko stoppte es. „Was ist da drin?"

„Die Schule", sagte Hermann. „Da drin sind Schulbücher."

„Welche Schule?"

„Die Schule am Kerzenmarkt, in der ich lesen und schreiben gelernt habe."

Darko stellte das Fass auf und machte sich vergeblich daran zu schaffen. Hermann riss an dem schwarzen Deckel. Ein chemischer Geruch wallte Darko entgegen.

„Mal sehen", sagte Hermann und holte eine Handvoll Wachskreidenstummel heraus. „Die kannst du doch sicher brauchen. Aber wir suchen hier eigentlich etwas anderes ..." Er gab Darko die Stummel, die seltsam weich und süß rochen. Darko steckte sie ein.

„Was suchen wir denn?", fragte Darko.

„Warte", sagte Hermann, „hier muss doch irgendwo ein verdammtes Verzeichnis sein."

„Was für ein Verzeichnis?"

„Ein Verzeichnis von all dem, was hier gelagert ist."

Fünfzehntes Kapitel
In dem die Drähte singen

Alle paar Tage ging Darko zu Zofia. Wenn der Wind
zu hart war, nahm er den unterirdischen Weg durch die
Verbindungsgänge der Häuser – seinen eigenen Weg,
denn es gab unzählige Durchbrüche, die die Horizonte verbanden. Dabei lief er auch Gefahr, beim Hinauf-
oder Hinuntergehen erwischt zu werden. Die Durch-
gänge rund um den Kerzenmarkt waren außerdem
verbarrikadiert. Doch nirgendwo war ein Schloss, vor
allem nicht an den Grenzhäusern der inneren Stadt, wo
die weniger sesshaften Durchzügler wohnten, die keine
Hausvorsteher hatten. Dort waren die Keller zu feucht,
um länger darin zu hausen; wer sich dort niederließ,
hatte kein bequemes Bett und keine warme Wohnstatt.
Selbst diejenigen, die sich hier vor dem Wind schütz-
ten und erleichtert waren über die vielen freien Keller,
zogen rasch wieder weg. Von diesen Durchzüglern wurden die Keller nie zu Horizonten ausgebaut, sodass die
mit Steinen verschalten Gänge aus älteren Zeiten beste-
hen geblieben waren. Dort hatte man sich vor Jahrhunderten zusammengerottet, wenn oben Gefahr drohte,
tagelang versteckt. Auch das hatte Hermann einmal
erzählt.

An diesen Orten war Darko immer allein. Hatte er
erst einmal die Grenzhäuser erreicht und die Souter-
rains der Mürrischen vom Kerzenmarkt passiert, fühlte er sich beschützt in diesen steinernen Schläuchen,

fragte sich, welche Gefahren das früher gewesen sein mochten, vor denen sich die Einwohner versteckten, ob es Menschen oder Tiere waren, und was diese so gefährlich gemacht hatte. Lange Zeit waren diese Schläuche für ihn die Grenze gewesen, weiter als an diese Schächte war er nicht gegangen, hatte sich auch keine Gedanken gemacht, was dahinter lag. An ein paar Stellen musste er in tiefem, einmal bis zum Nabel reichendem Wasser waten. Damit er nicht ständig Hosen und Schuhe schmutzig machte, ging er barfuß und trug die Hosen aufgekrempelt. Als das Wasser einmal zu hoch stand, entdeckte er, dass er es auch mit gegrätschten Beinen an den Wänden entlang durch den schmalen Gang schaffte, auch wenn es ihn alle Kraft kostete.

Nur nach Einbruch der Dunkelheit ging Darko durch die oberirdische Stadt. Obwohl es unten immer dunkel war, Tag wie Nacht, ängstigte er sich dort in den Nächten. Das wenige Licht, das durch ein paar in den Boden getriebene Ritzen nach unten drang, fehlte ihm dann, und die über seinem Kopf lagernden Schichten um Schichten einer Dunkelheit schienen auf ihn zu drücken wie die Erdäpfelsäcke, die er jeden Herbst mit Silvia in den Keller wuchtete.

Niemandem schienen Darkos Ausflüge aufzufallen, nicht einmal Etel. Seit jenem Maitag war Ruhe eingekehrt, oder eher Lethargie. Die Winde waren recht harmlos, doch niemand ging hinaus. Darko hatte Hermann ein paar Mal getroffen, bei ihm angeklopft, sich seine Vorträge angehört mit teuflisch kochendem Gewissen. Silvias Warnungen donnerten als Stimme der Vernunft. Bis zu dem Tag, an dem Hermann von der

Großen Westschneise zu erzählen begann, der Grenze, die niemand, den er kannte, je passiert hatte.

Jedes Mal, wenn er sich durch die Keller schlich, spielte er mit dem Gedanken, bei der Rückkehr auf eigene Faust ins Schuldepot zu gehen, doch wenn er dann in die Nähe der Wendeltreppe kam, zog es ihm eine Gänsehaut auf bei dem Gedanken, sich in die pechschwarze Finsternis hinunterzutasten. Er zählte dann all die guten Dinge in seinem Leben auf. Vor allem erleichterte ihn, dass Silvia und er nicht ganz so weit unten wohnten. Bei ihnen war es still genug, nur das Klopfen in den Rohren weckte ihn. Dass man die starken Böen hörte, wie sich der Wind ans Haus warf, oder dass es bei schnellen Winden pfiff – er mochte das. Ja, der Wind beruhigte ihn. Er wollte nicht weiter nach unten ziehen, und so nahm er sich auch vor, die Sache Silvia gegenüber anzusprechen. In einen tieferen Horizont, würde er sagen, sollten sie nicht umsiedeln, weil es da unten düster, feucht und wahnsinnig sei. Wer wusste, was in den untersten Schichten lauerte, wer wusste, welche Reste von den früheren Menschen dort ablagen. Er wollte es gar nicht wissen. Nein, seine, ihre Adresse sollte der dritte Horizont bleiben, der zweite schien ihm auch noch gut, im Notfall sogar der erste. Waren nicht die Vančuras mit ihrer Villa Windschief das beste Beispiel dafür, dass man auf der Oberfläche leben konnte? Wie tief er sich in diese weiße, steife, gemütliche Vančura-Bettwäsche hineingegraben hatte, in diesem oberirdischen Gute-Nacht-Zimmer. Wie sicher er dort gelegen war im ersten Stock. Wie massiv es gebaut war, dieses Haus. Wie man den Wind hörte, den verlässlichen, über Zeiten und Zeiten, oder, um es mit Hermanns Wissen zu sagen, all die Monate, Jahre, Jahrzehnte, vielleicht Jahrhunderte. Darko blieb oft stehen in den Steinschläuchen, lehnte sich an die Wand und begann laut zu sprechen, Silvia darzulegen, was er meinte. Der Wind sei doch nichts Schlimmes. Da fiel ihm das Sprichwort ein, das Gina ihm einmal beigebracht hatte, das, wie sie behauptete, so alt sei wie diese Häuser: *Der Wind, der Wind, das himmlische Kind.*

Und trotzdem ließ ihn das Schuldepot nicht los. Lag er in seinem Bett, im Einschlafen, sah er wenig Risiko darin, ein weiteres Mal im Verborgenen hinzugelangen. Hermann hatte ihm einen Stoß Bücher mitgegeben, in denen er immer noch kaum geblättert hatte. *Geografie Europas*, *Geschichte von der Urzeit bis in die Gegenwart*, *Mathematische Grundbegriffe*. Es lag wohl an diesen mathematischen Grundbegriffen. Hermann hatte sich selbst auch einen Stapel mitgenommen. Diese Schulbücher waren in einer Art geschrieben, die Darko nicht gefiel. Er hatte von den Tieren alter Zeiten gelesen, von sich ständig verschiebenden Grenzen. Es schien ihm unsinnig, dass diese Bücher Aufzählungen waren, dass im Falle der Geschichte und der Grenzen in diesen Büchern auf jeder Seite die Grenzlinien verschoben, neu gezogen wurden, es war mühselig, das nachzuvollziehen. Allerdings hatte er auch eine Karte des alten Wegenetzes mitgenommen. Sie zeigte Mitteleuropa in einem Stück, mit Bahngleisen, Straßenverbindungen und allen größeren Städten und irgendwelche Grenzen.

Dass er die Mathematik doch benötigte, fiel ihm beim Rechnen mit den Entfernungen auf. Zu wenig wusste er davon; es fehlte ihm das Wissen, wie er aus dem Maßstab, der unter der Karte angegeben war, eine echte Entfernung ermitteln konnte. Er überlegte, Hermann zu fragen, doch dann müsste er sich zuerst vermutlich einen Vortrag anhören, denn Hermann wünschte, so viel stand fest, all das, was man ihm in der Schule erzählt hatte, an Darko weiterzugeben. Stellte man ihm eine Frage, antwortete er prinzipiell etwas anderes als das, was die Frage eigentlich gemeint hatte: *Wie viele Züge sind hier früher durchgefahren? – Ja, wir lernten von all den Gefährten, die es früher so gegeben hat. Einige konnten schwimmen, einige fliegen, einige auf Gleisen fahren, oder auf präparierten Wegen. Doch viel interessanter ist der Satz von Pythagoras.* So ging es mit Hermann. Zweifellos wäre er gerne Lehrer gewesen, nur gab es ringsum keine Schule. Unten am Fluss könnte er unterrichten, dachte Darko, vielleicht würde er ihm das einmal vorschlagen, bei nächster Gelegenheit. Eine andere Möglichkeit wäre Zofia. Bei den vielen Büchern, die sich bei ihr stapelten, und den klugen Gesprächen, die zu führen sie imstande war, konnte es durchaus sein, dass sie mit Karten und Maßstäben umzugehen wusste. Nur müsste er es wagen, sie darauf anzusprechen, vielleicht in einem günstigen Moment, wenn Rox dabei war. Vielleicht konnte ihm dieser Teufel noch nützlich sein.

In der oberirdischen Stadt bewegte Darko sich schneller. Obwohl er geglaubt hatte, von Silvia alles über das Windgehen erfahren zu haben, verbesserte er jetzt, da sie weg war, einige Techniken. Er versuchte nicht mehr, sich zwischen zwei Gassen gegen eine Windböe zu stemmen, wenn er die Straßenseite wechseln musste, sondern ließ sich ein Stück weit verwehen. Er drückte sich nicht mehr gegen Hauswände, sondern ließ ein wenig Abstand und spürte den Sog zwischen der Wand und seinem Körper, mit dem er sich leichter der Wand entlangschieben konnte. Die große Straße am Bahnhof überquerte er mit vorgebeugtem Oberkörper wie ein Vogel, der zum Fliegen abhebt. Als er das die ersten Male versuchte, hatte er Angst, es reiße ihm die Beine weg und er kippe vornüber mit dem Gesicht auf die Straße, aber mit ein wenig Übung machte ihm dieses Stück am meisten Spaß, weil er sich vorkam, als fliege er, als streiften seine Füße nur mehr den Boden. Manchmal kam ihm sogar der Gedanke, er habe auf ganz natürliche Weise selbst gelernt, mit dem Wind zu gehen, und all die Anstrengungen den Harten Rücken herauf seien darauf zurückzuführen, dass Silvia nicht mit dem Wind hatte gehen können. Das war ungerecht; gleich fiel ihm der Karren wieder ein, den sie zog, in dem sich die Ernte für ihn befand, und dass sie nach einem ganzen Tag im Wind auf Feldern und Wiesen keine Kraft mehr gehabt hatte, leichtfüßig den Böen auszuweichen.

Er verlor die Angst vor den Windsplittern, schob die Horrorgeschichten zur Seite, die ihm Silvia von durchlöcherten und erschlagenen Kindern erzählt hatte. War es überhaupt möglich, dass man erschlagen wurde? Suchte sich der Wind nicht ohnehin seine bekannten Wege, leergefegt und ausgehöhlt? Der Lärm, das Rauschen, das Pfeifen, das Sirren und Singen der alten Drähte, die zwischen manchen Häusern gespannt waren, beruhigte ihn. Von Tag zu Tag hielt er sich länger in den Winden auf, setzte sich hinter Vorsprünge und Stiegenaufgänge und lauschte. Wenn der Wind mittelstark wehte, spielte er dort in den Dächern Akkorde, so hätten es die Vančuras bestimmt genannt, zog er stoßweise durch, schien es Darko wie Tuben- und Fagottspiel. *Pma, pma, pma.* Während die Dunkelheit sich über die Stadt legte, lauschte er besonders den weichen Böen, die wie Stimmen klangen, die lange einen Ton hielten. An einem Abend, an dem es ihm unten zu finster geworden und er trotz der starken Windböen die Gefahr auf sich genommen hatte und durch mehrere bewohnte Horizonte eines Nachbarhauses an die Oberfläche gekrochen war, spielte der Wind eine Symphonie. Eine ganze Tonleiter spazierte er nach oben und nach unten, und wenn er sich durch die Häuser aus der Altstadt verzog, dann lag ein mehrstimmiges Konzert in den Fluren und Gängen. Darko beschloss, hinauf zu gehen, dorthin, wo die Harfenklänge herkamen, auf die Dächer. Vermutlich gab es nichts, was ihm je mehr verboten worden war als der Weg in die Dachgemächer, nichts, was Silvia mit schlimmeren Sanktionen belegt hatte, nichts, was in ihren Augen schneller zu Verletzungen und Tod führen konnte, als das Dach. Ja, er musste endlich dorthin. Doch wie so vieles begann er auch dieses Vorhaben ständig zu vertagen.

Sechzehntes Kapitel
In dem es zu einer überraschenden Begegnung kommt

Wenn Darko abends noch den Entschluss fasste, nach Tagesanbruch zu den Vančuras zu gehen, hatte er am Morgen meist anderes im Sinn und zog Richtung Bahnhof, zu Zofia. Wenn er untertags beschloss, am Abend aufs Dach zu steigen, dann war er, wenn er nach Hause kam, zu müde oder der Mut verließ ihn – meist schon beim unterirdischen Marsch durch die Kapelle beim Kapuzinerkloster, wo die schaurigen Überreste lagen. Man müsste sie alle zur Rampe bringen und verbrennen an einem Maitag, sodass sie sich weit, weit hinaus in die Sterne bewegen konnten, dachte Darko. So wie es das Gesetz der Natur verlangte. Gern hätte er diese liegenden Toten, diese Gefangenen erlöst. Doch der Gedanke, es tatsächlich zu tun, war grausig.

Allen, die ihm im Haus begegneten und meinten, sie hätten Silvia lange nicht mehr gesehen, sagte er, sie sei unten am Schwarzbach und er diesmal dageblieben, weil er alt genug sei. Seit er die Toten getragen hatte, sahen ihm die Hausbewohner ins Gesicht, wenn sie ihm am Gang begegneten. Elfriede, Hermann und Mischa verwandelten ihren Dienst an der Gemeinschaft in eine Heldengeschichte, und daran war er schließlich beteiligt gewesen. Der junge Mann, hieß es, habe da wie ein Erwachsener gehandelt. Der Freundeskreis im ersten Stock, da war Darko ziemlich sicher, betrachtete ihn mit Stolz als einen der ihren. Mischa hatte beim Tragen kein Wort mit ihm gewechselt, doch trafen sie einander zufällig, legte sich ein wissendes Lächeln auf beide Gesichter. Wie dankbar er den toten Alten war, dass sie auf ihrem letzten Weg gerade ihn als Begleiter auserkoren hatten. Selbst in den steinernen, edlen Augen der Hausvorsteherin ortete Darko eine Art Milde. In der Tat erwähnte sie Etel gegenüber – die es gern an Darko weitergab –, das Kind habe, weil es in so guter Gesellschaft aufgewachsen sei, nur profitiert. Man merke förmlich nichts davon, dass er noch nicht ausgeglichen sei. Es sei wohl nicht mehr weit hin, so viel Disziplin sei jedenfalls ihr aller Verdienst.

Was Silvia betraf, so sprach in Darkos Augen alles dafür, dass sie ihn einer Art Prüfung unterzog. Sie hatten Vorräte für längere Zeit angelegt; er würde genug zu essen haben bis weit ins Kalte hinein. Von einer regelrechten Überfütterung hatte sich ein Fettpolster um seine Rippen gelegt. Es ging wohl darum, wie er sich allein machte, wie er zurechtkam. Er hoffte inständig, sie möge von seinem Trägerdienst erfahren haben. Gut möglich, dass sie es beobachtet und ihn daraufhin ruhigen Gewissens allein gelassen hatte, um die letzten Vorräte zu besorgen; der Ausgleich würde wohl bald eintreten. Silvias Abwesenheit verschaffte ihm einen weiteren Vorteil: nicht ständig über den Ausgleich sprechen zu müssen. Das war, wie ihm schien, das einzige Thema gewesen; was er nach dem Ausgleich zu tun gedenke, was davor noch, wann der Ausgleich denn komme, wie man es bemerke. Bei Silvia sei es kaum aufgefallen, sie habe ohnehin so wenig zu essen gehabt, dass sie weder unter Übelkeit litt, weil sie Nahrung nicht mehr vertrug, noch zunahm, weil der Körper es nicht mehr verstoßen konnte. Sie nannte sich selbst eine schlechte Hilfe, sie werde nicht gleich wissen, wie die Zeichen zu deuten seien, wie es sich bei Darko bemerkbar machen würde. Deswegen fragte sie unentwegt, ob es ihm noch schmecke, ob er, wenn er zurückdenke, mehr oder weniger Hunger habe als früher. Einmal hatte sie ihm erklärt – und er wusste, sie hatte das von den Vančuras –, dass es etwa zwei Wechsel von warmen und kalten Winden dauere, bis der letzte Akt vollzogen sei, und in dieser Zeit verlange der Körper nach mehr Nahrung als davor, also Hunger ohne Pause. Im idealen Fall stille man diesen.

Darko kam vor, alles drehe sich im Kreis, alles werde drei Mal angesprochen, alles wiederhole sich. Er wünschte, dass zumindest einer der beiden Windwechsel des letzten Aktes vor dem Ausgleich schon vorbei sei. Dann wieder wünschte er, der Ausgleich möge sich noch Zeit lassen. Die Vorräte schmolzen unter seinem Appetit dahin und wurden trotzdem nicht weniger, Silvia hatte gründlich vorgesorgt.

Im Haus, meinte Silvia, gebe es dann mit Sicherheit eine Wohnung für ihn, das habe sie mehr oder weniger geregelt. Ein Wohnrecht besitze er ohnehin, niemand würde das bezweifeln. Solange er wolle, könne er natürlich bei ihr bleiben, außer es werde eine der besseren Wohnungen frei, dann hieße es sofort handeln. Wenn sie nicht mit ihm über den Ausgleich sprach, dann hatte sie offenbar Etel damit behelligt, die bat jedenfalls darum, Silvia auszurichten, sie solle sich melden, sobald sie zurückkäme. Worum es ging, verriet sie nicht. Darko war überzeugt, Etel wisse Bescheid über diese Prüfung seiner Selbständigkeit und es sei ihr aufgetragen worden, gelegentlich nach ihm zu schauen. Er glaubte sich zu erinnern, dass sie sogar einen Schlüssel zu ihrer Wohnung hatte – die ohnehin kaum abgesperrt war –, was ihr die Möglichkeit gab, jederzeit nachzusehen, ob alles in Ordnung war. Allein deshalb hinterließ er die Wohnung einigermaßen aufgeräumt, wenn er zu Zofia ging, leerte seinen Latrinenkübel ins Kellerloch und trug die Abfälle nach draußen, nahm sie sogar mit in die Gegend der Unterhäusler und Durchzügler nahe am Bahnhof und ließ sie dort im Halbdunkel fallen. Das einzige Problem war die Kerzenlade. Mit Sicherheit würde Etel auch diese kontrollieren und feststellen, dass er schon zwanzig Stangen verbrannt hatte. Nicht nur, weil er sie abends regelmäßig auszulöschen vergaß – er brauchte das Licht, wenn Silvia nicht da war. Jeder Versuch, eine Kerze zu löschen, hatte einen panischen Akt des Wiederentzündens in der Finsternis zur Folge gehabt.

Wenn Darko bei Zofia war, musste er Proviant mitnehmen. Sein ständiges Auftauchen wurde zur Selbstverständlichkeit und seine Angst, die fehlende Zinnfigur könnte ihr auffallen, war schnell verflogen. Die zerbrochenen Teile lagen in der Schublade neben seinem Bett. Für den Fall, dass Silvia während eines Besuchs bei Zofia nach Hause käme, hatte er einen Brief auf dem Tisch platziert, in dem er schrieb, er sei bei einer Bekannten und spätestens am nächsten Tag zurück. Obwohl er sich diese Möglichkeit der Übernachtung einräumte, das sogar wünschte, kam es nie dazu. Rox hatte zu scherzen begonnen, Darko klopfe öfter an die

Bahnhofstür als er. Er klopfe ja gar nicht, hatte Darko entgegnet. Die kleinen Wortgefechte, Spitzfindigkeiten, die Zofia amüsierten, täuschten nicht darüber hinweg, dass Rox ihm nicht ganz geheuer war. Vielleicht nutzte Darko deshalb jede Gelegenheit, einzuhaken. Auf die Frage, wo Rox wohne und was er mache, meinte Zofia, er habe eine Zeitlang bei ihr im Bahnhof gelebt und hause jetzt wohl in der alten Universität, wobei sie sich aber nicht sicher sei, ob er Studenten um sich schare oder nur mit ein paar Freunden herumstöbere. Sie selbst sei noch nie dort gewesen und habe es auch nicht vor. Darko mutmaßte, dass ihre *stabilitas loci* am Bahnhof – ein Ausdruck, den Zofia von einem lateinlesenden Freund hatte und gerne benutzte – mit ihrer Narbe zu tun hatte. Was ihr zugestoßen war, kam nie zur Sprache; er wagte nicht, danach zu fragen. Anders als am Tag ihrer ersten Begegnung trug Zofia meist Kleidung, die ihre Narbe zur Gänze verdeckte. Ob Rox wusste, was geschehen war? Ihn zu fragen brächte auch nichts, womöglich würde er ein Theater daraus machen, ihn vor Zofia bloßstellen.

Von all den Dingen, die Darko an Rox störten, war der rote Ledermantel das unerträglichste. So wie dieser Mantel stank nicht einmal das Latrinenloch im Keller. Rox zog ihn in Zeiten nicht einmal aus, sodass Darko zum Garderobier wurde, ihm das verhasste Kleidungsstück schleunigst abnahm nach seinem Eintreten in die Bahnhofshalle und an den glatten Messinghaken neben der Tür hängte. „Einen schönen Diener züchtest du dir da heran", „Gutes Kind, hoffentlich bleibt das auch so nach dem Ausgleich", „Ach, willst du mich nicht auch einmal besuchen, wenn meine Freunde kommen?" Derlei Dummheiten gab Rox dann von sich, amüsierte sich, klatschte in die Hände.

Doch Rox konnte auch überraschen. Einmal brachte er ein Spiel mit. Es bestand aus einem Brett mit achteckigen Feldern, die unterschiedliche Farben hatten, aus Kartonplättchen, die genau in diese Felder passten, Würfeln, Blechmünzen und Figuren, und hieß *Werkstattklopfen*. Man musste möglichst viele der bunten Felder mit den passenden Plättchen besetzen, indem man sein Vermögen, die Blechmünzen, durch Geschäfte mit den Mitspielern vermehrte. Diese Geschäfte bestanden daraus, den anderen, die sich eine Straße am Spielbrettrand entlangwürfelten, Zollgebühren abzunehmen. Die achteckigen Felder waren Werkstätten, die ebenfalls, wenn man sie besaß und genug Münzen darauf liegen hatte, das Vermögen mehrten. Rox war, obwohl er das Spiel mitgebracht hatte, erstaunlich ungeschickt beim Erklären. Als er bei den Aktionsmöglichkeiten angelangt war, ging in der Eingangshalle die Tür auf.

„Ahoy", rief eine Stimme.

„Ahoy", rief Zofia zurück.

„Da kommt Jakob wieder", meinte Rox, „der kluge Mendelianer."

„Halt die ...", zischte Zofia.

Darko ließ die Würfel rollen, als der Mann, zu dem die Stimme gehörte, hinter die Paravents trat.

„Rox", sagte er und nickte diesem zu. Zofia umarmte ihn. Darko wollte eben die zweite Würfelhand rollen lassen, da hielt ihm der Mann die Hand entgegen. Sie erkannten einander nicht gleich. Es war dieser Bogen um seine Augen, seine übermäßige Größe, die Darko an den Maitag erinnerten.

„Du bist vom Kerzenmarkt?", sagte Jakob.

„Ja."

Zofia, die Jakob einen Stuhl holte, blieb stehen. „Kennt ihr euch?"

„Nein", sagte Jakob schnell.

„Nein", wiederholte Darko zögernd.

„Weil am Kerzenmarkt ist er ja scheinbar das einzige Kind, pardon, der Einzige vor dem Ausgleich", meinte Zofia, „das ist seltsam, dass du gleich ..."

„Ich dachte, ich habe ihn schon einmal gesehen, beim Kerzenkaufen. Kann das sein?"

„Ja", flüsterte Darko heiser. „Wenn die Kerzenhändler da sind, dann helfen wir mit beim Verkaufen." Dabei war es niemandem erlaubt, hinter die Stände zu treten, da waren die Händler heikel.

Jakob setzte sich, und Rox begann noch einmal von vorne mit der Erklärung, was sich dieses Mal noch mehr in die Länge zog. Beim Spiel stellte er sich besser an als beim Erklären. Zofia würfelte meist so hoch, dass sie den Strafzöllen entging. Darko spielte unscheinbar, baute drei Werkstätten, legte in jeder Runde eine Münze aus seinem Vorrat darauf, machte wenige Verluste – und gewann.

„Keine schlechte Strategie, du willst, dass man dich unterschätzt", konstatierte Rox.

„Lass ihn in Ruhe", mahnte Zofia.

Rox war ein schlechter Verlierer. „Das Taktieren hat dir dein Vater beigebracht, wie?"

„Ich kenne meinen Vater nicht", sagte Darko. Er spürte eine schmerzhafte Verhärtung im Hals, schluckte, doch sie blieb, bis er die Feuchtigkeit in die Augen steigen fühlte. Verdammt, dachte er und drehte sich weg.

„Lass dich nicht ärgern von ihm", sagte Zofia sanft. Darko stand vom Tisch auf und verkündete, er müsse jetzt gehen.

„Nein, bleib", sagte Jakob. Er drückte seine Knie an die von Rox; was er sagte, konnte Darko nicht verstehen, doch war Rox zumindest kurz still.

„Ist besser, wenn du dabei bist", sagte Jakob. „Du spielst gut."

Darko bückte sich unter den Tisch und tat, als suche er etwas, dabei ließ er endlich den Tropfen über die Wange rinnen. Auch die Nase feuchtete. Er wischte in seinem Gesicht herum und krabbelte zurück auf seinen Stuhl, als Zofia und Rox gerade aufstanden und hinter den Paravents herumzuräumen begannen.

Jakob saß noch da, und weil Darko nicht wusste, was er sagen sollte, fragte er ihn, ob er sich schon einmal die Gleislandschaft von Zofias Französischem Balkon aus angeschaut habe. Jakob hielt kurz inne. Er habe sich den ganzen Bahnhof genau angeschaut, meinte er dann. Ob er sich denn auch für die Zugverbindungen interessiere, wollte Darko wissen, für die Gleisstränge, die Möglichkeiten, eine Lokomotive anzuheizen.

Nein, sagte Jakob, das interessiere ihn überhaupt nicht. Vielmehr sei er an den Wegen der Winde sehr interessiert. An den Wegen der Winde, wiederholte Darko. Ja, darauf beruhe der große Irrtum der Gleiswanderer, dozierte Jakob, auf den Wegen der Winde. Denn an den Gleisen zu gehen, sei lebensgefährlich, die verliefen schließlich an den offensten Stellen der Landschaft. „Als man sie baute, vor Zeiten und Zeiten und Zeiten – früher sprach man von Jahrhunderten –, da gab es die Winde noch nicht und man suchte den Weg des geringsten Widerstands."

„Des geringsten Widerstands", entfuhr es Darko.

„Im Übrigen glaube ich nicht, dass je jemand diese Lokomotiven, diese Rostschepperkisten bedient hat, zumindest nicht heute."

„Doch", rief Darko, „Zofia hat es gesehen!"

„Ich? Nein", sagte Zofia, „da habe ich wohl etwas übertrieben."

„Wieso hast du das gemacht?" Darko war enttäuscht.

„Du warst besessen von der Idee, dass sie fahren."

Jakob atmete schwer ein und aus, dann fuhr er fort: „Die Winde umgehen diese Stadt, als zöge sie ein Finger aus ihrer Bahn. Erst auf den weiten Feldern im Süden kehren sie zurück. Tycho Brahe beschrieb ihre Stärken. Gregor Mendel beschrieb die ersten stärkeren Tromben, die hier auftraten. Er schrieb von einer wahrhaftigen Mitrailleuse, die quer durch seine Stadt fegte. Er schrieb, wie sie über den Fluss kam, durch den Wald rauschte, vom Berg fiel, den Harten Rücken rauffuhr, seitlich am Stadtberg vorbei und quer in die Stadt einfiel bis zum Bahnhof, bis hierher, wo sie die Waggons aus den Schienen hob und weiter, weiter in die Felder der Bauern. Er schrieb davon, dass es die Natur ganz allein sei und sonst niemand. Er ist den Tromben nachgereist, hat ihr Auftreten untersucht, wie ein Captain Cook zu

Lande, wie ein Marco Polo des Kontinents, im ganzen damaligen Reich des Kaisers."

„Es war die erste Trombe?", fragte Darko.

„Die erste zu seiner Zeit. Er saß in seinem Zimmer unten im Kloster, als sie einfiel. Dann fragte er die Bauern rundherum, die meinten, der Teufel sei daran schuld."

„Darüber müsstest du ja Bescheid wissen", lachte Rox gehässig.

Jakob reagierte nicht.

„Das ist schon viele Zeiten her, Jakob. Wahrscheinlich ist er zurück nach Schlesien, wo er herkam, um zu sehen, ob seine Verwandten noch leben", ließ Rox nicht locker.

„Unsinn. Er suchte nach den Ursachen, denn hier hat er nur ihre Auswirkungen gefunden", schnauzte Jakob. „Seine Schriften liegen bei mir in der Klosterbibliothek", sagte er dann sanft zu Darko. „Mir geht es um die Wege der Winde. Wenn wir darüber mehr wissen, dann können wir auch klarere Schlüsse ziehen. Beobachten, beobachten, beobachten – und Aufzeichnungen führen, so wie es Mendel mit dem Wetter machte."

„Kommen sie denn immer denselben Weg, die Winde?"

„Nicht über den einen selben Weg, aber über dieselben Wege, mit kleinen Abweichungen."

Darko fixierte den großen Mann, den Helfer. Was hatte er bloß mit den beiden Alten zu schaffen gehabt. Sollte er ihm erzählen, dass er sie zur Rampe gebracht hatte?

„Wann lebte Mendel?"

„Vor Zeiten", sagte Jakob, „vor Zeiten. Wir wissen es nicht. Sein Schreibstil, ich würde sagen, zeitgemäß. Er lebte jedenfalls vor dem Ausgleich und als man noch zählte."

„Alle mussten damals essen. Essen von der Wiege bis zur Bahre", sagte Rox.

„Das gibt es doch nicht. Dann waren sie alle gierig", Zofia stellte sich offensichtlich dumm.

„Nein. Sie mussten essen, sonst wären sie gestorben, so wie Darko sterben würde, wenn er jetzt aufhören würde damit", stichelte Rox.

„Es gab wirklich erwachsene Esser?", fragte Darko nach, glaubte aber ohnehin nicht daran.

„Ja, die gab es", sagte Jakob, „das wissen wir mit Sicherheit."

Darko ließ einen Würfel in seiner Hand hin und her rollen. Womöglich hatte Rox recht mit seiner Stänkerei. Jakob war nett, aber als Klosterbruder hing er vielleicht seltsamen Bräuchen an, vor denen ihn Silvia gewarnt hatte. Dass erwachsene Menschen einmal Esser gewesen waren, konnte jedenfalls nicht sein. Er rollte weiter den Würfel. In einem passenden Augenblick würde er ihn einstecken; so einen Würfel wollte er besitzen. „Was war vorher: die Winde oder der Ausgleich?", überlegte er.

„Das ist die Frage", sagte Zofia.

„Stell dir vor, es gäbe keine Winde, dann wäre es recht einfach, sagen wir einmal, innerhalb eines Tages von einem zu einem anderen Ort zu gehen. Es wäre auch einfach, Nahrungsmittel herzustellen. Man könnte mit deiner Eisenbahn fahren und von hier bis zur nächsten Stadt Nahrungsmittel transportieren, damit handeln in großen Mengen. Alles spricht dafür, dass der Ausgleich eine direkte Folge der Winde war. Zuerst waren also die Winde", sagte Jakob.

Rox rümpfte die Nase, aber die Verachtung war aus seinem Gesicht verschwunden. „Die Winde haben die Menschen beschäftigt, als man noch zählte und jeder ein Esser war. Die Beaufortskala entstand zwei Jahrhunderte oder mehr, bevor wir die letzten Zählquellen finden."

„Damals waren die Winde noch nicht so stark", erzählte Jakob.

„Dann werden wir uns nie wieder zurechtfinden", meinte Darko, „und sind in den Zeiten verloren."

Zofia ließ sich mit einer Flasche in der Hand nieder, die sie Darko hinüberschob. „Alles Zählen hat mit den Himmelskörpern begonnen. Sie helfen dabei, Entfernungen zu finden, Zeiten zu definieren. Wir könnten, wenn wir nur lange angestrengt rechnen, die Zeiten dort oben in den Gestirnen wieder finden."

„Hat jemand von euch das einmal ausgerechnet?"

Alle drei schauten Darko an.

„Zofia wäre dazu in der Lage", sagte Rox schließlich.

„Warum machst du es dann nicht?"

„Wozu denn?", sagte Zofia. „Wir brauchen die Zeitmessung nicht."

„Dann die Entfernungen. Wie weit ist es bis, sagen wir, Wien?"

Rox lachte. „Wieso Wien?"

Darko schüttelte den Kopf.

„Die Große Westschneise", flüsterte Jakob, „die Große Westschneise."

Darkos Neugier hatte ihm rote Wangen gemalt, ihm war heiß. „Die Gleiswanderer", fragte er, „ist denn nie einer von Westen gekommen?"

„Diese Aufschneider, niemand sollte ihnen glauben", knurrte Rox.

„Immerhin kommen sie herum." Jakob war ins Grübeln geraten. „Doch ich kann mir nicht vorstellen, dass sie große Strecken zurücklegen. Wie gesagt, wer an der Bahn geht, kommt nicht weit. Die meisten, die nicht sterben wollen, bleiben an einem Ort. Habt ihr nicht am Markt die Unterhäusler?"

„Naja, da war mal diese Christine", sagte Zofia, „die an der Wassergrenze war."

„An der was?" Darko spürte, wie sein ganzer Körper spannte. Zum ersten Mal kam ihm Silvias Abwesenheit unnatürlich vor, wie ein gefährlicher Bruch. Wo steckte sie bloß? Sie würde doch nicht über Zeiten bei den Vančuras unten bleiben, ohne ihn zu holen. Wo blieb sie nur? Das Herzhämmern stieg in seinen Hals, die Rampe und der Raum mit den Toten schoben sich dazwischen, und plötzlich war ihm speiübel.

„Am Meer", sagte Zofia.

Darkos Ohren verschlugen sich.

„Ich schätze, sie hat einen der größeren Flussläufe gesehen", sagte Jakob, „die schwellen an und überschwemmen so viel Land, dass du kein Ufer mehr siehst auf der anderen Seite. Vielleicht war sie an der Großen Westschneise. Vielleicht stand sie am Ufer der Donau."

„Woher weißt du das?"

„Die kontinentale Wassergrenze ist so weit entfernt, ich meine, so weit, dass man Zeiten, ach, was sage ich, dass man hundert, zweihundert Tage gehen müsste. Über die Große Westschneise, das Land der toten Kaiser ..."

„Da gebe ich dir ja ausnahmsweise mal recht, Jakob, da durch, wie soll das gehen", meinte Rox und klopfte Jakob auf die Schulter, die dieser zurückzog.

„Das weiß niemand", sagte Jakob.

„Ihr macht diesen Jungen verrückt, wisst ihr das? Dabei wollten wir hier bloß spielen."

„Zofia, er hat ja recht. Du vergeudest hier deine Fähigkeiten, dein Talent." Jakob war aufgestanden. Seine riesenhafte Gestalt warf einen Schatten durch den Raum, lang wie ein Baum.

„Es spielt doch keine Rolle, was den Wind ausgelöst hat. Wir wissen, dass es ihn nicht immer gegeben hat, dass etwas passiert ist, das zum Ausgleich geführt hat. Da muss man kein Politischer sein, um das zu verstehen", rief Zofia.

Darkos Übelkeit verschlimmerte sich. Offenbar waren er und Silvia die Einzigen, die glaubten, der Ausgleich sei immer schon da gewesen, das Essen der Erwachsenen ein Märchen.

Rox schlug auf den Tisch. „Unser Freund hier, der ist der Meinung, dass irgendwelche seltsamen Zauberkräfte den Wind, wie sagt er, *gebracht* haben."

„Niemand ist hier ein Politischer", sagte Jakob.

„Da gebe ich dir noch einmal recht. In den jüngsten Zeiten sind immer weniger hier durchgekommen, die Winde werden stärker. Macht euch nicht verrückt deswegen, sie haben schon Monarchen und Armeen weggefegt", sagte Rox.

„Und diese geschichtlichen Veränderungen lagen nicht etwa an der Tatsache, dass wir ausgeglichen sind?", meinte Jakob.

„Tatsachen, Ursachen, Wirkungen, was spielt es für eine Rolle. Es gibt keine Regierenden und keine Unterdrückenden mehr, keinen Diktator, keinen Kaiser, keinen König und ..." Zofia machte eine Pause, spuckte auf den Boden und ihr sonst freundliches Gesicht verzerrte sich: „... und ich will verdammt sein, wenn es je wieder welche gibt."

„Oh ...", setzte Rox an.

Jakob packte ihn fest an der Schulter.

Rox' Blick haftete an Zofia, er schien zu verstehen.

Jakobs Gesichtszüge wurden hart.

Darko konnte die Übelkeit nicht mehr zurückhalten. Er führte seine linke Hand, in der noch immer der Würfel verborgen war, zum Mund, warm quoll es zwischen seinen Fingern hindurch, rot und warm.

Jakob drehte sich, sodass er Rox frontal gegenübersaß: „Du siehst in den Menschen nur die Bedrohung. Treibst du dich deshalb auf dem Waffenmarkt herum? Und Zofia, wieso du seine Flinte hier versteckst, das verstehe ich nicht."

Zofia schlug auf den Tisch; die Flasche, von der Darko keinen Schluck genommen hatte, kippte und fiel.

„Ende", sagte sie, „so etwas würde ich hier nie dulden. Er versteckt bloß seine heimlichen Vorräte."

Jakob bückte sich, um die Scherben aufzusammeln. Darko kauerte in der Ecke. „Ich denke, du bist im Ausgleich", sagte Jakob mit sanfter Stimme.

Darko wimmerte etwas Unverständliches.

„Papperlapapp, der hat was Schlechtes gegessen", maulte Rox.

Jakob deutete auf das Erbrochene: „Siehst du nicht das Blut?"

„Ich will nach Hause", würgte Darko hervor.

„Dann bringe ich dich hin", meinte Jakob, „ich gehe mit dir zum Kerzenmarkt."

Siebzehntes Kapitel
In dem Silvia dem Mittelpunkt der Erde nahe ist

Von wo der Wind kam und wohin er ging, darüber gab es viel Gerede, immer schon. Silvia hatte sich nie wirklich damit beschäftigt, und eine Schule hatte sie im Unterschied zu Etel nie besucht. Nicht nötig, hatte ihre Mutter gemeint. Es war eine der wenigen Übereinstimmungen, die Mutter und Tochter hatten. Dennoch brachte Gina ihr Lesen, Schreiben und ein bisschen Rechnen bei, denn, so viel stand fest, ohne diese Dinge musste man dahinvegetieren am Stadtrand, ohne Aussicht auf Aufstieg. Selbst in der sangesfreudigen Gemeinschaft in der Festung auf dem Stadtberg wäre man ohne Schriftkenntnis nicht aufgenommen worden. Für Silvia stand es außer Frage, auch Darko zu unterrichten. Mühselig war es, einem Kind Sprache und Denken beizubringen, und dann überholte es einen auch noch und quälte einen mit Wissensgier. Als wäre das Essen nicht genug an Belastung.

Einmal war eine der Frauen von der Schwarzbach-Mulde zum Kerzenmarkt gekommen und hatte gefragt, ob eine Wohnung frei sei. Sie erhielt nur Unterkunft für einige Tage in einem der Übergangsquartiere in den oberen Stockwerken, wo es laut und staubig war. Nach längerer stillschweigender Nachbarschaft klopfte Silvia an ihre Tür und fragte nach, ob sie sich zurechtfinde. Die Frau saß frierend in einer Ecke am Boden und schimpfte auf den Kerzenmarkt, von dem sie angenommen hatte, er würde ihr ein erträgliches Dasein bieten. Silvia holte sie zu sich nach unten, ließ sie auf ihrer alten Strohmatratze schlafen – nie warf sie etwas, das noch funktionstüchtig war, weg – und gab ihr zwei Decken, die sie beim letzten Markttag für den unweigerlich kommenden Kältesturm erworben hatte. Die Frau hieß Ilse und erzählte, wie sehr ihr das Leben in der Familie zuwider gewesen sei, weshalb sie ihre Töchter ihrer Schwester gegeben habe, die auch mit vier Kindern zurechtkomme. Ilse wollte auch am Kerzenmarkt nicht bleiben, sie plante weiterzuziehen und hielt Silvia ein paar Karten und Hefte unter die Nase.

„Hörst du das auch immer?", unterbrach sie sich. Ein leises Surren hatte eingesetzt und erfüllte den Raum von der Decke bis zum Boden, eine Schwingung, die alles erfasste.

Silvia nahm Ilses Hand. „Das ist das Elektrizitätswerk. Wenn sie es einschalten, gibt es Geräusche."

„Nein, nein", meinte Ilse, „es ist das Lied des Windes. Er singt, und diesem Gesang muss man folgen. Er lotst uns heim."

„Wo doch hier mein Zuhause ist ..."

Sie diskutierten die Sache eine Kerzenlänge lang. Silvia fühlte sich im elektrischen Surren geborgen, als läge sie in einer Wiege und werde geschaukelt; nur die höheren Töne störten sie. Oft, wenn es einsetzte, legte sie sich auf ihr Bett und starrte in die Luft, bis die Schwingungen nach und nach ihren Körper erfassten und sie das Gefühl hatte, jeder Knochen und jedes Organ schwinge mit. Es war die Elektrizität, da war sie sicher. Der Wind hatte auch ein Lied, doch es war ein anderes, ein aufdringliches, ohrenbetäubendes. Wegen dieses Windgebrülls war sie die Wohnungsleiter im Haus hinabgestiegen, bemühte sich um die tiefsten Horizonte. Die Elektrizität war ihr nahe, sie kam aus dem Erdinneren, war die verwandelte Braunkohle. Wenn alles im Gleichklang war, so empfand sie es, war ihr Körper verlängert, konnte durch feste Stoffe hindurch, die Teilchen gelangten mühelos aneinander vorbei in oszillierenden Bahnen, sie war nicht mehr gebunden an einen Ort und nicht an ihren Körper, der sich langsam entlang dieser Bahnen aufzulösen und andernorts wieder zu manifestieren begann. Andernorts, das war für sie immer unten, so tief wie möglich. In den Glutkammern der Erde, deren Wärme sie bis an die Oberfläche zu erahnen glaubte.

„Wohin willst du?", fragte Silvia also.

„Zu einer größeren Wasserfläche", meinte Ilse. In der Schwarzbach-Mulde, erzählte sie, habe sie über einen See nachzudenken begonnen, eine letzte Landgrenze.

Silvia hob den Kopf und zog die Brauen hoch.

„Ich weiß", sagte Ilse, „was du denkst."

„An Gewässern treibt der Sturm die Wellen in die Höhe."

„Meinst du, es gibt nicht auch windstille Orte?"

„Wir wissen es nicht", sagte Silvia, „aber das, was du die letzte Landgrenze nennst, ist das Meer, ein Wasserreservoir, das alle Flüsse und Seen übertrifft. Und dort gibt es sicher Winde. Eine so riesige und glatte Fläche! Ich habe davon gehört. Dort nehmen die Winde Anlauf und treiben ihre Schneisen tief ins Land, bis zu uns, in die Mitte."

„Darüber wird nie gesprochen. Worüber sprechen wir eigentlich noch?"

Silvia wusste nichts darauf zu sagen. Sie tat sich in diesem Moment schwer, Ilse nicht zu verabscheuen, diese war noch weit egoistischer als ihre Mutter.

„Wie alt sind deine Töchter?", fragte Silvia.

„Noch lange vor dem Ausgleich, die Hälfte vielleicht."

Silvia schüttelte den Kopf. „Du solltest zurück zu ihnen."

Ilse stand auf und meinte, sie gehe besser wieder nach oben. „Bist du die einzige Mutter hier?", blaffte sie Silvia an.

„Die einzige seit langer Zeit", sagte Silvia. Dass Darko ein Findelkind war, verschwieg sie.

„Sind alle an den Schwarzbach gezogen", murmelte Ilse, „wäre besser, wenn sich die Menschen wieder mehr durchmischten."

„Wäre es. Aber wenn du hier eine Zeitlang bleibst, dann könnte es gelingen, dass du eine Wohnung in den unteren Horizonten bekommst, und da ist es angenehm, windstill."

Auch Silvia war egoistisch. Sie kannte niemanden wie Ilse am Kerzenmarkt. Sie könnte eine Freundin gewinnen, wenn Ilse bliebe, eine andere als Etel, die so alt war wie sie.

„Wie hast du es geschafft, das Kinderverbot zu umgehen? Warum bist du überhaupt noch hier?"

„Kinder sind nicht verboten – die Leute halten hier nicht viel von Verboten."

„Aber geben tut es sie trotzdem", sagte Ilse.

Darauf antwortete Silvia nicht.

„Es würde mich nicht stören, wenn du mitkommst", meinte Ilse, „zu zweit wäre es einfacher, sich durchzuschlagen. Deinen Sohn müsstest du aber hier lassen."

Silvia zögerte. Dann nahm sie Ilses Hand und drückte sie fest, so fest, dass Ilse sie ihr entzog.

Am nächsten Tag verließ Ilse heimlich den Kerzenmarkt. Noch lange war sie Gegenstand des Tratsches der Hausbewohner. Die aus den oberen Horizonten waren froh, wenn sich Neue wieder verzogen, denn blieben sie, waren sie Konkurrenz um eine ruhige Bleibe in den unteren Horizonten. Es gab keine Regel, die einem ein Wohnrecht zusicherte. Letztlich entschied die Hausvorsteherin, wenn auch abgestimmt wurde in fast allen Fällen. Schlussendlich schafften es die meisten, die es wirklich wollten, in die unteren Horizonte zu ziehen. Ein paar wenige mochten es, am Wind zu wohnen.

Ilse … wie lange wohl hatte sie nicht mehr an Ilse gedacht? Diese verantwortungslose Person, der sie sofort gefolgt wäre, hätte es Darko nicht gegeben. Derentwegen sie ihre Wohnung am Kerzenmarkt aufgegeben hätte. Dass sie jetzt neben ihr lag, schien ihr so absurd wie die Tatsache, dass Darko allein am Kerzenmarkt schlief und aß. So real hatte alles begonnen, seinen Lauf genommen. Das zugige Haus, die Nachmittage in der Festung mit den scheußlichen Liedern, das Betteln um ein paar Abfälle, die Aufnahme am Kerzenmarkt, ihr dortiger Aufstieg in die unteren Horizonte trotz des Kindes. Wo genau der Schritt in die Unwirklichkeit erfolgt war und wie, das begriff sie selbst nicht. Ilse war ihr bei der Kathedrale begegnet, an jenem längsten Maitag, dessen sie sich entsinnen konnte. Sie waren gemeinsam beim Kardinal gewesen. Der Wind kehrte nicht zurück. In einer Kaschemme am Kerzenmarkt waren Flaschen die Runde gegangen. Silvia hatte getrunken, Ilse auch, und großmäulig von einem Pferdefuhrwerk erzählt. Die Sonne war noch nicht in Ellbogenhöhe, da ratterte unter ihrem Hintern schon das Kopfsteinpflaster. Weit draußen, hinter den Feldern, es war noch nicht dunkel, war ein Rad gebrochen. Am Horizont sahen sie die andere Stadt. All das war doch nicht real.

Achtzehntes Kapitel
In dem ein gemütliches Bett entdeckt wird

Darko notierte die vierundzwanzigste Nacht ohne Silvia. Er war allerdings nicht ganz sicher, ob die Zahl auch
stimmte, weil er manchmal den halben Tag verschlief.
Geträumt hatte er, wie so oft, von den Vančuras. Nicht
einen Traum, sondern viele jede Nacht, Episoden, die
lose zusammenhingen. Eliška war mit Silvia verheiratet,
die aussah wie Tibor, der wiederum ein ganz anderes,
kleines Gesicht hatte und ein Kind der beiden Frau-
en war. Die Räume waren eingerichtet wie in der Villa
Windschief, doch hatte das Haus von außen mehr Ähnlichkeit mit dem Elektrizitätswerk und stand neben den
Bahngleisen, sodass Zofia von oben, von ihrem Französischen Balkon aus, alles überblickte. Mit ihrer Narbe, von
der lanzenförmige Hautfetzen abstanden, die wie ein
ausgefallenes Opernkostüm wirkten, thronte sie über
dem Geschehen, von hinten beleuchtet, ihre Haare wie
Rapunzel über das Geländer hängend. Zudem konnte
sich das Vančura-Haus im Wind drehen, wie ein osma-
nisches Karussell auf einem riesigen Wagenrad. Susanna
zeigte ihm, dass der Wind seit Neuestem genutzt wurde,
um Waggons über die Gleise zu schieben. Sie zeichnete
große, ohrenförmige Segel und hielt den Finger darauf.
Im Traum erschien ihm dies geradezu genial; im Zustand zwischen Wachen und Schlafen meinte er, eine
Lösung für alle Probleme gefunden zu haben: Machte
man sich die Kraft des Windes zunutze, dann könnte

man mit Gefährten überall hinreisen. Dazu bräuchte es nicht einmal Schienen, bloß Räder und Segel.

Der Wind klang in seinem Traum wie ein sanftes, stetiges Rauschen. Er musste in den tiefen Schichten schwach sein, weich und warm überzog er Darkos Beine beim Aufwachen. Keine Menschenseele war im Haus unterwegs. Ein früher, gelber Morgen lag über der Stadt, leuchtete durch die Fensterritzen in den oberen Stockwerken. Ihm schien, dass die wärmeren Winde früher kamen als sonst. Müsste es nicht noch kalt sein? Er war sich sicher, dass diese Windwärme, die wie die Kälte durch den Türspalt hereinkroch, ein Phänomen war, das Frühling genannt worden war, als die Menschen die Zeit noch eingeteilt hatten. Weiter als bis zum vierten Stock war er nie gekommen. Als er jetzt nach oben ging, erschienen ihm Silvias Drohungen, all die Gefahren, die sie aufgezählt hatte, lächerlich. Er blieb stehen, sah sich um. Ein Rascheln, das nur die warme Brise verursachen konnte, dann Ruhe. Er ging weiter. Wär es nicht doch besser, umzukehren, vielleicht der Erste am Platz zu sein, falls es ein Maitag würde? Ach nein, selbst wenn ihn jemand erwischte, war er, obwohl er aß, doch einer von ihnen, seit er die Toten getragen hatte. Das ockerfarbene Licht des Frühmorgens lag ruhig auf der Wand. Darko schaffte, wenn auch ein bisschen zittrig, ein weiteres Stockwerk, die Stiege verengte sich.

Wenige Stunden zuvor hatte Jakob Darko zu Bett gebracht und war mit einem Licht in der Hand, das er aus Silvias Kerzenlade entwendet hatte, diese Stiegen hochgegangen. So oft war er den Weg im Dunkeln abgeschritten, er hätte jede Stufe gekannt. Alle drei Zimmer oben waren belegt. Er traf niemanden am Gang, konnte aber hören, wie sie drinnen zugange waren. Das langgezogene Keuchen beruhigte ihn. Lediglich die Dachbodenluke zu öffnen war schwierig. Selbst er, der Riese, musste sich auf die Zehenspitzen stellen, dann, sobald die Schnappe offen war, gleich den Kopf einziehen, wenn die Leiter herunterschoss, und sie auffangen, damit sie nicht aus der Verankerung sprang und auf den Boden krachte. Er streckte seinen Kopf in den weiten, kargen Raum, aus dessen papierener, niedriger Decke die Dachplanken hervorlugten. Wie eine Insel war ein Abschnitt mit Strohsäcken eingegrenzt, auf denen Hosen, Kleider und Strümpfe lagen. Jakob klaubte die Kleidung zusammen, warf sie auf einen Stapel. Die Bücher vom Boden und vom Tisch sammelte er ein. Was davon aus der Klosterbibliothek stammte, steckte er in seine tiefen Manteltaschen, den Rest trug er zu einem Spalt im Boden, aus dem er ein paar Münzen und getrocknete Kräuter hervorholte. Dann ließ er die Bücher darin verschwinden, bis der Zwischenraum randvoll war. Zum Schluss zog er alle Strohsäcke in die Ecke auf den Spalt, in dem die Bücher lagerten. Den Stapel mit den Kleidern hob er auf, als wären die Stücke zerbrechlich, stopfte sie hinter die Strohsäcke. Tisch und Sessel trug er ans Ende des Raumes, wo die Dachplanken schräg standen. Am Ende sah alles leer aus. Er blieb stehen, machte ein Kreuz auf seiner Stirn und murmelte leise vor sich hin.

An der obersten Stufe angekommen, fand Darko einen kleinen, schmalen Gang mit drei Türen. Eine stand eine

Handbreit offen. Er wartete, konzentrierte sich auf das kleinste Geräusch. Nichts. Vorsichtig stieß er die Tür weiter auf, steckte zuerst den Kopf in den Türspalt, dann drängte er sich hinein. Ein großes Bett mit einem Baldachin fiel ihm zuerst ins Auge, und Gepölster in bunten Farben. Das Licht, das durch ein rundes Fenster hereinschien, spielte einen rötlichen Schimmer. Es roch ein wenig streng, nach voller Blase, wie Darko fand. Er trat an das Bett heran. Es war wohl sehr weich, so wie es aussah. Mischas Gesicht fiel ihm erst auf, als er schon direkt vor ihm stand. Es war tief in die Polster gegraben, daneben verbarg sich noch ein anderes Gesicht. Darko drehte sich verwirrt um. Der wohnte doch gar nicht hier. Als er schon wieder an der Tür war, erhob sich die zweite Gestalt aus dem Bett.

„Junge", sagte Elfriede, „was machst du denn hier? Hat dich die Neugier gepackt?"

Darko spürte kurz das bittere Gefühl im Hals, doch Elfriedes Gesicht zeigte nichts Argwöhnisches.

„Wird wohl ein Maitag", sagte sie und streckte sich.

„Ja, ein Maitag", antwortete er und schluckte. Die Bitternis war weg, doch ein anderes Gefühl, das von seinem Rücken ausging, durchfuhr ihn. Elfriede war nackt. So hatte er bisher nur Silvia gesehen. Mischa schlief weiter.

„Ich muss gehen", sagte er.

„Ist gut", meinte Elfriede. Sie war vollkommen anders als beim Totentransport, anders als bei den Hausversammlungen. War das überhaupt Elfriede?

Wenn die beiden Alten hier gewohnt hatten, hatten sie es schön gehabt, dachte Darko. Ein gemütlicheres

Bett hatte er noch nie gesehen, nicht einmal bei den Vančuras.

Er stieg alle Stufen wieder hinunter, hüpfte euphorisch durch den langen, dunklen Gang und trat vor die Tür. Ein paar Leute aus anderen Häusern waren schon draußen. Dort, wo die Alten gesessen waren, nahm er Platz, und als er an die beiden dachte, beruhigt, dass sie dort oben wohl ein schönes Leben gehabt hatten, kam ihm auch sein Frühstück in den Sinn. Er hatte überhaupt keinen Hunger. Plötzlich fiel ihm alles wieder ein, das Erbrechen, der Nachhauseweg auf Jakobs Rücken, seine Arme über dessen Schultern, der Blick in den Himmel, dass es windstill gewesen war, die Abwesenheit Silvias, die nichts mehr mit irgendeiner Prüfung zu tun haben konnte. Er musste ihr erzählen, dass er den Ausgleich erreicht hatte, sofort.

Er rannte über den Harten Rücken hinunter, stürzte zwei Mal, kam zum Haus der Vančuras. Was sollte er denen bloß erzählen. Dass er den Ausgleich geschafft hatte? Es würde Susanna enttäuschen. Er würde nicht mehr dazugehören. Hinter einem Baum, einer stämmigen Ulme, die oft Ort von Geschichten war, die man sich im Vančura-Haus erzählte, blieb er stehen. Es dauerte nicht lange, bis sie alle heraustraten, Susanna, die beiden Kleinen, hintendrein Tibor und Eliška. Er gab sich nicht zu erkennen. Silvia kam nicht nach, auch nicht, als sie schon weit in den Feldern verschwunden waren. Um sie nicht zu verpassen, weil sie im Haus geblieben war, wartete er, bis die Vančuras außer Sichtweite waren, und schlich hinein. Er klapperte alle Zimmer ab. In der Küche standen noch die Breischüsseln, in einem der Kinderzimmer lag das Pferd Mütz. Er steckte es ein. Im Gästezimmer war das Bett gemacht, nirgendwo lag Kleidung, keine Spur von Silvia. Als er wieder an der Eingangstür stand, drehte er noch einmal um, legte das Pferd auf den Küchentisch. Dann rannte er am Feldrand entlang und zurück über den Harten Rücken, das Seitenstechen zwang ihn immer wieder zu Boden.

Wohin jetzt? Auf den Stadtberg, zu Gina. Die war nicht da, und Silvia hatte auch niemand von der Gemeinschaft gesehen. Das Erkerhaus, das Elektrizitätswerk, die Vorratsräume am Kerzenmarkt – nirgends war sie.

Zuletzt fiel Darko nur noch die Rampe ein. Er rannte, stolperte fast über das Katzenkopfpflaster. Anstatt des Jungen saß ein Mann mit grauem Haar dort. Es dauerte eine Zeitlang, bis Darko wieder zu Atem kam und Silvias Äußeres beschreiben konnte. Der Mann wusste nicht viel, er saß nur tageweise hier. Außer ein paar alten Stadtbewohnern sei in letzter Zeit niemand gebracht worden, aber Darko könne ja nachschauen. Als dieser den Schlüssel zum Kabinett der Toten umdrehte, meinte der Mann, es seien einige alte Männer, eine Frau, sicher Zeiten alt, niemand mit langem Haar. Alle hätten sie mehr Tage am Buckel als er selbst.

Gerade in dem Moment, als er den Schlüssel wieder abziehen und zurückgeben wollte, fiel ihm ein Satz ein, den die Hausvorsteherin in den Tagen, nachdem sie die beiden Alten bei der Rampe abgeliefert hatten, gesagt hatte: *Wer leben will, muss sich trauen, über die Toten zu steigen*. Er machte kehrt, sperrte auf, hielt sich die Nase zu und begann mit der Beschau, die zu seiner größten Erleichterung das vermutete und erhoffte Ergebnis brachte.

Zurück auf dem Kerzenmarkt ging er um den Brunnen herum und hinauf zur Kathedrale, wie an jedem Maitag zum Kardinal. Mit Sicherheit war Silvia mit dem ersten Licht bei den Vančuras aufgebrochen und wartete beim Sarkophag auf ihn. Er wurde langsamer und ließ sich durch den Kopf gehen, wie er ihr von seinem Ausgleich erzählen sollte. Auf jeden Fall sei es schnell gegangen. Er habe sich übergeben. Ein Freund habe ihn heimgebracht. Nein, nein, dazu müsste sie die Vorgeschichte kennen, alles von vorn, begonnen beim letzten Maitag. Kurz blieb er stehen. Diese Bitternis, die ständig seinen Hals heraufkroch, die ihn so lange begleitet hatte, war jetzt ganz und gar weg. Er konnte es nun nicht mehr erwarten, Silvia endlich wieder zu sehen. Wegen der Wohnung, da wollte er nichts überstürzen. Eine Zeitlang, dachte er, eine Zeitlang wollte er noch bei ihr wohnen. Ihr helfen, all die übrigen Nahrungsmittel runter zu den Vančura-Kindern zu bringen. Die waren nun wirklich noch Kinder, er nicht mehr. Der Unterschied war ihm, da er sich endlich vollständig fühlte, aufgefallen, als er sie am Morgen beobachtet und eingesehen hatte, dass er nicht mehr zu ihnen gehörte. Zur Sicherheit forschte er noch ein letztes Mal nach seinem Hungergefühl. Er stellte sich hin, streckte seinen Körper, schaute geradeaus, drückte mit dem rechten Zeigefinger in die Magengrube. Nichts. Als wäre dort nichts. Kein Magen mehr? Würde er sich ein letztes Mal entleeren müssen? Das mit Sicherheit.

Der warme Wind umzauderte ihn, als er so kerzengerade dastand. Er wartete, zählte ein paar Zahlen herunter. Dann spazierte er über das Pflaster auf der Westseite auf die Nische mit dem Kardinal zu.

Neunzehntes Kapitel
In dem im Wald wilde Tiere keuchen

Es war vollkommen windstill. Zwischen den niedrigen Nadelbäumen verlief ein dünner Saumpfad, dem sie folgten. Lauter verschiedene Gerüche mischten sich, nach Pech, nach grünen Nadeln und nach Erde. Der weiche Waldboden gab unter jedem Schritt nach. Darko blieb bei einem Bäumchen stehen, das in etwa so hoch war wie er. Ob er wohl noch wachsen würde? Nach dem Ausgleich? Keiner hielt an und wartete auf ihn oder sagte ein Wort. Erst mit dem Aufbau des Nachtlagers entwickelte sich munteres Geschnatter.

In der Dunkelheit musste Darko an Eliáš Vančura denken. Er sah ihn noch vor sich, wie er alle mit seinen Vorstellungen vom Mond genervt hatte und jedes zweite und dritte Wort *Herr Brouček* war. Am Kerzenmarkt hatte Darko nie viel nachgedacht vor dem Einschlafen, hatte die Augen geschlossen und war weg gewesen. Im Freien war es anders. Er spürte den Raum rund um sich herum, leicht und riesig. Unter den Bäumen war es stockfinster wie in der Wohnung, doch wenn er sich ein bisschen hin und her bewegte und aus dem Wald hinausschaute in den Himmel, sah er Gestirne, und je länger er hinsah, desto mehr goldene und silberne Punkte fielen ihm auf. Die anderen mussten schon unzählige Male im Freien übernachtet haben, sonst könnten sie wie er nicht schlafen, überlegte Darko, dem so viel durch den Kopf ging, dass ihn körperliches Unbehagen befiel und er sich in alle Richtungen drehte. Die Frage, die immer wieder in seinem Kopf auftauchte, war, wieso in diesem windstillen Waldstück keine Menschen lebten. Er hatte noch nie einen so lebensfreundlichen Ort gesehen. Gleichzeitig war er froh, dass sie hier allein durchzogen, ihnen bisher niemand begegnet oder gefolgt war und es auch keine Häuser gab.

Seit Jakob ihnen die Windberichte vorgelegt und zur Eile gedrängt hatte, sie sich am Abend bei Zofia getroffen hatten und gleich am nächsten Morgen ein weiterer günstiger Maitag angebrochen war, hatten sie drei Mal die Sonne auf- und untergehen sehen. Jakob hatte sie zwischen Hügeln und durch Senken manövriert, durch dichte Waldstücke und an stehenden Gewässern vorbei, von denen einige so trüb waren, dass Darko nicht einmal eine Zehe hineingesteckt hätte. Einmal werde er da hineinmüssen, hatte Rox ihm angedroht, weil er sonst zu stinken beginne. Ausgerechnet Rox, hatte Darko gedacht und in sich hineingelacht.

Nach der zweiten Nacht im Freien hatte die Gruppe durch dichten, kathedralenhohen Wald einen Hügel bestiegen und einen Abgrund erreicht. Rox meinte, die Expedition könne an dieser Stelle enden.

Jakob zögerte, schloss aber, dass es zumindest bewiesen sei, dass man dem Wind einiges an Land abtrotzen könnte. Für Darko stand fest, dass es Gegenden gab, die anscheinend doch günstiger waren als die Stadt. Vielleicht würde er sich einmal eine Hütte im Wald bauen.

Womöglich sei es nur Glück und es reihten sich eben die Maitage aneinander, widersprach Zofia. Was wäre, wenn es hier ein paar Tage vor ihrem Durchzug heftige Böen gegeben hätte.

Dann würde man das sehen, mutmaßte Jakob. Es gäbe Windriss, Schneisen, verwehte Wiesen, wie um die Stadt herum.

„Vielleicht", spöttelte Rox, „leben wir am besten aller Orte und das beste aller Leben und rundherum ist die Verwüstung."

„Du ziehst es wie immer ins Lächerliche", befand Jakob, „und bemerkst gar nicht, wie klug deine Worte sind."

Darko glaubte, in Rox' verschattetem Gesicht so etwas wie ein freudiges Lächeln zu erkennen, sehr klein, sehr dosiert, aber untrüglich.

Vom Hügel aus war in der Ferne, am Ende der Ebene, die sich darunter erstreckte, ein Glitzern zu erkennen, das Darkos Aufmerksamkeit weckte. Die Sonne spiegelte sich anscheinend auf einer glatten Oberfläche, und je länger Darko darauf schaute, desto weniger konkrete Formen konnte er wahrnehmen. Blinde Punkte in silbernen Ringen zitterten dort. Waren es Riesen, die da gingen? Waren es Luftspiegelungen? Weiße, große Gebilde, nein, grelle Formen, die sich wellenförmig bewegten?

Darko konzentrierte sich auf die Wellenbewegungen in dieser grobkörnigen Landschaft, bis ihn der Gestank von Rox' Ledermantel einholte. „Wasser", sagte Rox.

„Wasser?"

„Eine Stauung, vielleicht ein größerer Fluss. Was weiß ich. Dort werden wir anstehen. Wir können jetzt umkehren."

„Wenn es Wasser ist, sollten wir ans Ufer gehen.“

„Um dort was zu sehen?“, zweifelte Rox.

Jakob legte eine Hand auf Darkos Schulter. Darko zuckte zusammen, ging leicht in die Knie und blies demonstrativ Luft durch die Nase.

„Du liegst richtig, wenn du bezweifelst, dass es Wasser ist“, meinte Jakob.

„Warum denkst du das?“ Rox mischte sich ein.

„Weil es hier kein Wasser gibt.“

„Können wir das mit Sicherheit ausschließen?“, fragte Rox in fast freundlicher Tonart.

„Seht her“, sagte Jakob und faltete eine Landkarte auf. „Hier ist nirgendwo ein so großer Wasserlauf.“ Er zeigte auf eine Stelle, wo er den Hügel verortete. Ringsum hob und senkte sich das Land, in der Mitte lag eine weite Ebene. „Es könnte die Kyrillische Pforte sein. Ein Durchlass, durch den in den definierten Jahrhunderten die Völker zogen, ein Tor nach Mitteleuropa.“

„Na, na, na“, sagte Rox, „ob da nicht Wunschdenken dabei ist?“

Jakob fuhr mit dem Finger auf der Karte den Weg ab, den sie gegangen waren, ziemlich gerade südlich mit ein paar Schlenkern. Von Osten her kommend gab es tatsächlich auf der Karte einen breiten Durchgang, flaches Land mit wenigen Hindernissen.

Darko wagte seine Vermutung nicht auszusprechen. Lieber fokussierte er auf das Glitzern in der Ferne, bis sich eine dünne Wolke vor die Sonne schob und sich die Fläche in eine große, helle Ebene verwandelte. Nun standen sie alle und schauten.

„Dächer“, sagte Zofia.

„Dächer", wiederholte Rox, „oder Glashäuser."

„Unwahrscheinlich", sagte Darko, „für Glashäuser ist das viel zu groß." Glashäuser kannte er aus der Schwarzbach-Mulde. Kaum ein Glashaus überstand allerdings den Wind länger als ein, zwei warme Zeiten. Der Flickenteppich von zusammengeschusterten und vernagelten Gewächshäusern war sogar vom Harten Rücken aus zu sehen; jedes Mal, wenn eine Wand zu Bruch ging, klaubten die Kinder am nächsten Maitag die Scherben auf und schnitten sich dabei die Hände blutig.

Die Fläche blitzte und glitzerte in der Sonne.

„Wir gehen hin", sagte Zofia. „Ich bin sicher, da sind Dächer."

Inzwischen mussten sie schreien, denn schlagartig hatte Wind eingesetzt, wenn auch nur ein leichter, in feinen Stößen kommender, der einen Film von Wolken über den blauen Himmel zog, was ein Schattenspiel auf der darunterliegenden Ebene veranstaltete. Das Gras, das stellenweise in dichten Büscheln am Scheitel der Böschung stand, war hart, die Grashalme trocken. Es juckte Darko an den Beinen. Ein Tropfen fiel ihm ins Gesicht, ein zweiter; schwerer Regen traf sie in einem schiefen Winkel. Darko öffnete den Mund, ließ sich ein paar Tropfen auf die Zunge fallen. Sie schmeckten beige, nach nichts, und doch nach einer Masse, die da vom Himmel fiel. Die Gruppe flüchtete in einen nahen Wald, wo das Blätterdach die Tropfen noch eine Weile abschirmte, kauerte unter einer Buche zusammen. Überall ringsherum wuchsen Buchen, diese hohen, schweren Bäume mit Stämmen wie silberne Säulen.

„Wenn das dort unten ein See ist, dann hat sich die Landschaft verändert. Im Atlas gibt es keinen See", sagte Jakob.

„Vielleicht sind wir auch falsch gegangen", meinte Rox.

„Nein", sagte Jakob, „auf den Sonnenstand kann man sich verlassen."

„Das Meer ...", unterbrach Darko.

„Weiter südlich", ergänzte Jakob, „vielleicht zwanzig, dreißig Tage Fußmarsch laut Zofias Atlas, wenn man gut vorankommt. Doch wir müssten die Alpen überqueren, also wären es noch zehn Tage mehr, sofern wir dort überhaupt einen Weg finden würden."

„Und im Norden?"

„Durch das alte Polen", sagte Zofia.

Polen. Dort reihe sich eine Stadt an die nächste, hatte Darko gehört, von dort seien viele Gleiswanderer heruntergekommen, hätten sich durchgekämpft. „Warum gehen wir nicht in den Norden?", fragte Darko. Rox' Ledermantel verströmte, feucht geworden, ein bitter-fauliges Odeur, das Darko in der Nase reizte.

„Kennst du jemanden, der mal dort war?" Zofia hatte sich zurückgelehnt, streckte die Beine unter ein offenes Stück Himmel, ließ sich den Regen draufplätschern.

„Theoretisch", überlegte Jakob, „wäre der Weg über die Alpen sicherer als über die großen Ebenen im Norden." Die Winde könne man dort nicht so gut berechnen, es stelle eine ganz eigene Situation dar.

„Alle, die am Bahnhof angekommen sind, kamen aus dem Norden." Ein Zweig fiel Zofia vors Gesicht. „Himmel", sagte sie, „hier gibt es wilde Tiere."

Das Blätterdach ließ eine Fuhre Wasser herab.

„Wir könnten, solange es regnet, an den alten Lagerplatz zurück."

Darko sah in Rox' Gesicht Unbehagen; der Regen schien ihm nicht zu gefallen. Er schützte seinen Rucksack und alles, was darin war. Wahrscheinlich bereute er den Ausflug und sehnte sich nach der Universitätsbibliothek und den Schwarzmärkten.

„Oder am südwestlichen Waldrand entlanggehen", sinnierte Zofia. „Dort runter dehnt sich der Wald ein Stück weiter aus, die Böschung ist hier außerdem zu hoch."

„Entschuldige", meinte Jakob, „aber das hat keinen Sinn. Besser hier warten und dann über die Böschung runter und schnell über die Ebene. Wir haben sonst nirgendwo Schutz, wenn wir zu spät ankommen oder wieder zurückmüssen. Am besten wir gehen hintereinander und rasch."

„Siehst du denn nicht", rief Zofia genervt, „dass der Wind von dort unten kommt, dass er über den Süden heraufstößt und in dieser weiten Ebene an Kraft gewinnt? Wenn er stärker wird, gehen wir zurück in den Wald und probieren es morgen."

Der Regen rann ihnen in schmalen Streifen über die Gesichter. Darko schloss die Augen, das Regenwasser brannte.

Sie stritten noch eine Weile. Als eine Zeitlang nichts gesagt wurde, schlug Darko vor, im Schutz des Waldes weiterzugehen, zumindest bis man zu einem Ergebnis gekommen sei, einfach um keine Zeit zu verlieren. Es gab keinen Widerstand und sie gingen vorwärts. Darko war sich sicher, dass es vor dem Ausgleich nicht möglich gewesen wäre, den Ton anzugeben, nicht einmal bei seinen Freunden. „Die Große Westschneise", sagte er.

„Wir haben alle keine Ahnung, wie die aussieht", meine Rox, „eine Spur der Verwüstung jedenfalls."

„Ich hab mir immer einen Graben vorgestellt, vielleicht hat der sich mit Wasser gefüllt", sagte Zofia.

Jakob nickte ablehnend.

„Davon hat dein Mendel geschrieben", fauchte Rox, was Jakob so ärgerte, dass er mit dem rechten Fuß in den Boden fuhr. Dann atmete er tief durch. „Die Zone queren wir jedenfalls, wenn wir weitergehen", erklärte Jakob, „so falsch liegst du nicht, Darko."

„Ist das nicht der eigentliche Grund, weshalb du mitgekommen bist?", bohrte Rox.

„Jajaja", rief Zofia, spuckte den Regen aus, „anscheinend verstehe nur ich Darkos Neugier, ja, ich will auch wissen, wie die Große Westschneise aussieht, was der Wind dort gemacht hat."

„Dort ist es doch sicher nicht windstill. Und was wir gesehen haben ..." Rox hatte seinen Schritt beschleunigt und wirkte inzwischen resigniert.

„Wir wissen nicht, ob es windstill war. Der Wind hat keine Kleidung", meinte Jakob, in dessen Stimme ein Zittern lag. Er fror, seine Zähne begannen zu klappern, was Zofia und Darko amüsierte.

„Vielleicht ist es ja die Große Westschneise und wir finden dort Tod und Verwüstung wie so viele vor uns", sagte Rox.

Zofia gab Rox einen Stoß in die Rippen, als sie sah, wie sich Darkos Gesicht verfinsterte.

Wenn die Rede auf den Tod kam, vermisste er seine Mutter, jeden Tag hoffte er, sie irgendwo aufzulesen. Silvia wäre niemals bei einem solchen Abenteuer mitgegangen, sie hatte nie an einem anderen Ort als am Kerzenmarkt leben wollen. Wenn sie von den Vančuras zurückkamen, beschwerte sie sich über das unbequeme Leben am Fluss. Darko hörte die klappernden Villenfenster nicht, er sah bloß die dunklen Zimmer der Vančura-Kinder, die Gemütlichkeit ausstrahlten, den Raum unter der Treppe, in dem sie sich versteckten. Ihm hätte dieses Kabinett gereicht; er wäre dort ohne zu zögern eingezogen. Wenn sie am Harten Rücken standen und in weiter Entfernung die Tromben in der Landschaft standen, wünschte er sich in die Villa der Vančuras; in der höhlenartigen Wohnung am Kerzenmarkt tief unter der Erde war es ihm nie so behaglich vorgekommen.

Als sie das Nachtlager aufschlugen – unter der größten Buche, sie Darko je gesehen hatte –, fiel ihm das Kabinett ein, er fror und wünschte, er wäre in der Villa der Vančuras, fragte sich, was Susanna gerade machte. Ein wenig bereute er, dass er am Tag nach dem Ausgleich nicht mit ihnen gesprochen hatte. Sie hätten ihn sofort aufgenommen oder mit ihm nach Silvia gesucht – eine womöglich erfolgreichere Mission als dieser Ausflug in Richtung Südenwesten, in eine Himmelsrichtung, aus der anscheinend noch nie ein Mensch gekommen war.

Mitten in der Nacht weckte Darko ein dumpfes Geräusch. Der Regen hatte sich verzogen, alles war immer noch nass, seine Haut war durchweicht, seine Füße kalt.

Bevor er die Augen aufschlug, stellte er sich vor, es sei ein Hirsch oder Reh in der Nähe. Solche Tiere hatte er sogar mit Zofia beobachtet vom Französischen Balkon aus. In der Schwarzbach-Mulde gab es viele von ihnen. Erneut das dumpfe Keuchen. Jakob lag neben ihm, doch gegenüber, hinter einem der Bäume, raschelte es. Darko stand auf und ging ein paar Schritte, dann ließ er sich in die Hocke sinken. Rox schabte mit seinen Lippen an Zofias langer Narbe. Sie spannte dabei ihren Oberkörper wie einen Bogen, beugte ihren Kopf weit zurück, als würde sie kopfüber etwas betrachten. Die Szene blieb still, bis erneut ein tiefes Keuchen ausgestoßen wurde, darauf ein gepresster Atemzug als Antwort. Das Keuchen wurde schneller. Darko konnte erkennen, dass sie ihre Münder benutzten, um sich an allen möglichen Stellen am Körper zu besaugen. Als Zofia Rox' Brustwarzen in den Mund nahm, musste Darko sich seine Brustwarzen an den Leib drücken und die Augen zusammenzwicken, unangenehmst berührt, weil er selbst zu spüren meinte, was er sah. Rox legte beide Handflächen auf Zofias Oberkörper. Dass man diesen Ort mit der Zunge berührte, war Darko fremd. Die beiden legten sich gegengleich aneinander, jetzt raschelten sie lauter.

Darko spürte ein eisiges Gefühl im Körper. Er war gebannt von dem, was er sah, eine Menge Erinnerungen zogen sich in seinem Kopf zusammen, so schnell, dass er sie nicht alle erkennen konnte, der Tote mit dem Augenloch, Silvia und er beim Kardinal, Susanna, Mischa und Elfriede. Er geriet in Gedanken, während Rox und Zofia keuchend ihre Köpfe fallen ließen und eine Zeitlang ruhig liegen blieben.

„He", hörte er Rox' Stimme.

Darko war zu nah am Geschehen.

„Lass ihn", flüsterte Zofia, und etwas lauter in Darkos Richtung: „Rox und ich haben unseren Spaß."

Darko nickte demonstrativ, obwohl das in der Halbdunkelheit bestimmt niemand erkennen konnte. Seine Ohren fühlten sich taub an, in seinem Mund spürte er einen blechernen Geschmack und etwas Heiserkeit.

„Hat niemand es getan auf deinem Kerzenmarkt?", fragte Zofia im Flüsterton, während sie ihre Kleidung überzog.

„Doch, doch", sagte Darko. In Wahrheit war ihm dieser Umgang miteinander völlig fremd.

Zwanzigstes Kapitel
Das von den Narben handelt

Jakob entfaltete ein Tuch auf der Erde, dann zog er ein Messer aus seinem Rucksack, klappte es auf, wischte es sauber und legte es auf die Unterlage. Daneben platzierte er eine Nadel und eine kleine Spindel mit Faden. Rox zwinkerte mit verkniffenem Gesicht. Das Blut auf seiner Stirn und in den Augenbrauen war eingetrocknet, seitlich rann es aber noch über die Schläfen in zwei dünnen Bahnen hinab, tropfte auf seinen roten Ledermantel. Er atmete laut aus, als Jakob mit den Fingern vorsichtig ein Haarbüschel auf die Seite legte.

„Es ist keine große Wunde", sagte Jakob. „Wir bräuchten etwas zum Desinfizieren." Er lächelte.

Rox schob seinen Rucksack zu Darko. „Da", murmelte er, „greif hinein und such die Flasche."

Jakob nahm das Messer in die Hand. „Ein wenig werde ich das Astwerk aus der Wunde schaben, das wird ..."

„Jaja", sagte Rox. Ein Handgriff, er zuckte zusammen.

Darko konzentrierte sich auf das Innere des Rucksacks. Er wollte nicht hineinschauen, also griff und tastete er. Da waren zwei Gefäße, die sich gläsern anfühlten.

„Nimm irgendeine", sagte Rox.

Die erste Flasche, die Darko erwischte, war grün und bauchig. Er reichte sie Rox, der zitterte, was er zu verbergen suchte.

„Soll ich …?", fragte Rox Jakob und machte eine Geste, dass er sich die Flasche über den Kopf schütten würde.

„Das ist nicht gut, nein", sagte Jakob. Er nahm ihm die Flasche aus der Hand, öffnete sie, benässte ein Tuch und wischte damit das Messer ab. Eine süße, warme Schwade zog an Darkos Nase vorbei. „Jetzt", sagte er und begann, über Rox' Kopf gebeugt, an der Wunde zu schaben und zu tupfen.

Darko beobachtete das Geschehen mit Faszination und Ekel gleichermaßen, wagte kaum, in Rox' verzerrtes Gesicht zu schauen.

„Geh bitte zur Seite, ich brauche das Licht", sagte Jakob. „Siehst du die Splitter?", und er hielt ihm das Messer hin, auf dem blutige Krümel klebten. „Die müssen alle raus." Erneut wischte er das Messer mit dem Alkohol ab, beugte sich über die Wunde und arbeitete weiter. Als er fertig war, legte er das Messer ab und tupfte mit der anderen Seite des Tuches auf die Wunde, zog weißen Zwirn in die Nadel, desinfizierte die Spitze und begann, den Riss zu schließen.

Zofia kam aus dem Wald zurück. Sie war außer Atem, kniete sich neben Rox, legte eine Hand auf seine Schulter, die er gleich abzuschütteln versuchte. Still wartete sie, bis Jakob fertig war.

„Es ist nicht mehr weit", verkündete sie dann. „Rox, kannst du gehen?"

Der antwortete nicht, dirigierte mit seinen Fingern in der Luft, wollte aufstehen, doch Jakob drückte ihn nieder. „Jetzt noch nicht. Es wird noch lange hell sein."

„Am Waldrand können wir nicht mehr gehen", meinte Zofia. „Wir kommen nur über die Ebene voran, durch das hohe Gras."

Darko beäugte Rox, der sich Jakobs Anweisung gefügt hatte. In seinem schmutzigen Ledermantel, mit den vom Blut niedergedrückten Haaren erinnerte er ihn an einen Toten im Aufbewahrungsraum bei der Rampe.

„Vielleicht sollten wir umkehren", schlug Darko vor. Die Bitternis in seinem Hals hatte sich mit dem Ausgleich nicht aufgelöst, sie war wieder da, sehr deutlich, sehr dick. Er konnte kaum schlucken. Verdammt, dachte er und versuchte, den Blicken der anderen auszuweichen.

„Gehen wir über das Feld", insistierte Zofia. „Wir sind bei den Häusern, noch bevor die Sonne untergeht, lange vorher."

„Wenn das Feld guten Boden hat", wandte Jakob ein.

„Wie lange muss er noch ruhen?", fragte Zofia.

„Er ..."

„Ich kann gleich losgehen", sagte Rox.

Darko hielt sich auf dem Marsch in Rox' unmittelbarer Nähe. Zu fragen, wie es ihm gehe, wagte Darko nicht, er versuchte, ihn aufzumuntern, indem er den Ast kommentierte, den der Wind auf Rox' Kopf geworfen hatte.

„Ein anderer hätte das nicht ausgehalten", sagte er und schämte sich gleich dafür.

Rox gab keine Antwort.

Jakob hatte sich hinter Rox zurückfallen lassen, Darko wartete auf ihn.

„Der Ast, ich meine, hat Zofia auch so ein Ast getroffen? Oder ein Windsplitter? Wegen der Narbe ..."

„Nein", sagte Jakob, „sie ist sehr spät erst in den Ausgleich gekommen. Das hätte sie fast umgebracht."

„Wusste nicht, dass so etwas passieren kann."

„Es war auch nichts Natürliches. Sie haben sie operiert, weil sie dachten, es stimmt etwas bei ihr nicht. Besser, du sprichst sie nie darauf an."

In Jakobs Taschen klimperten ein paar Gegenstände, er pirschte wie eine zufriedene Katze durch das hohe Gras. Darko konnte seine Schuhe in dem wilden Gräsergestrüpp nicht mehr erkennen. Er bückte sich weit hinunter und schaute sich um, die Halme wuchsen in einem Bogen von der Erde zurück zur Erde.

Rox sprach kaum ein Wort, auch mit Zofia nicht. Erst als sie ein hohes Geräusch hörten, das auf und ab ging, hob er den Kopf. Es machte eine Pause, setzte wieder ein. Orientierung war nur mehr anhand der Sonne möglich, das dichte Gras stand ihnen bis über die Köpfe.

„Dass so weit von der Stadt entfernt noch jemand wohnt", meinte Darko. Obwohl: *Je weiter weg von der Stadt, desto mehr Kinder*, lautete die Formel, die ihm Gina einmal beigebracht hatte. Und die, als er sie bei einem Abendessen mit den Vančura-Kindern aufsagte, Tibor zornig machte, woraufhin Darko sich entschuldigen musste. Ab da wusste er, dass mit Ginas Weisheiten keine Freunde zu gewinnen waren. Beim Gedanken an diese peinliche Szene, an die Zurechtweisung, zu der Silvia keinen Kommentar abgab, schauderte es ihn. Ein umgeknickter Halm schlug ihm ins Gesicht. Er begann zu laufen, überholte die anderen und ging vor Rox, um ihm eine Spur zu ziehen, damit das hohe Gras nicht seine Wunde streifte.

Als Erster trat er aus dem Dickicht. Vor ihm lag der See.

Einundzwanzigstes Kapitel
In dem ständig jemand lacht

Der Bauer stand neben ihnen am Ufer, die Hände in den Hüften, kaute auf einem Grashalm. Stimmen verhallten in der Luft, im Himmel, der wie eine hohe Kuppel über ihnen stand. Die Kinder riefen einander alle gegenseitig etwas zu, waren in die hohe Wiese gelaufen. Über die weite Landschaft flutete das Licht wie ein stetiger Wellengang. Doch in diesem See gab es kein Wasser, nur harten, sandigen, glitzernden Boden, der so weit reichte, wie man sehen konnte.

Zofia hatte den Bauern angesprochen, langsam. Hier könnte es eine andere Sprache, ein anderer Dialekt sein, und sie hatte recht. Er nuschelte, zog die Wörter in die Länge. Das klang anders als bei ihnen. Man konnte es verstehen, weil alle Worte gleich waren, doch die Aussprache war verschieden.

Viel wollte der Mann nicht sagen. Er spuckte aus, drehte sich nach den Kindern um, suchte mit seinen Siebenschläferaugen das hohe Gras ab, wandte sich wieder ins Leere. Darko machte ein paar Schritte auf den Sand zu.

„Gibt nach."

„Gibt nach?", wiederholte Rox ein wenig spöttisch.

„Ist es gefährlich?", fragte Darko.

„Nein, ist es nicht."

„Warum dürfen die Kinder dann nicht hinaus?"

„Dürfen sie", sagte der Bauer.

„Wir dürfen so weit raus, bis wir bis hundert gezählt haben." Ein kleiner Junge, der Darko nicht einmal bis zum Bauchnabel reichte, begann um ihn herum Runden zu laufen und zu zählen, dann sprang er in den Sand und machte große Schritte.

Rox nickte; offenbar gefiel ihm, dass der Bauer seine Kinder mit Mathematik bildete. „Nur nicht verzählen", sagte er zu dem Kind.

„Was?"

„Nur nicht verzählen", wiederholte er.

Ein anderes Kind hüpfte daher, ein nächstes kam aus dem hohen Gras, tänzelte in die raue, helle, sandige Wüste hinein, „... eins, zwei, drei, vier ...", sprang ein Stück hinaus, „und fünfzehn." – „Muss jeder einzeln zählen. Sie können es alle", sagte der Bauer.

„Vor dem Wind gibt es dort keinen Schutz", meinte Jakob und schrieb etwas in sein Heft.

„Kein Wind", sagte der Bauer, er hustete. „Wenig Wind", korrigierte er sich mit belegter Stimme.

„In der Großen Westschneise kein Wind", wiederholte Rox.

„Seit wann?", fragte Jakob.

„Ist das überhaupt die Große Westschneise?", fragte Zofia.

„So sagt man in der Stadt, oder?" Der Bauer lachte, dass ihm sogleich die Tränen kamen.

Zofia bückte sich und hob etwas von der hellen Erde auf, die sich am Ufer mit dem Sand vermischt hatte.

„Wenig Wind, wenig Regen. Nichts ist dort", sagte der Bauer. „Wäre gut, wenn es mehr hereinwehen würde. Dieser Sand tut dem Weizen gut."

„Und weiter draußen, ist da Wind?"

„Ich weiß es nicht", sagte der Bauer, „ich weiß es wirklich nicht. War keiner da draußen."

„Was ist mit den Spurungen. Es sieht so aus, als ob hier regelmäßig jemand hineíneinginge."

„Sind nur die Kinder."

„Aber hier sind doch Wagenspuren."

„Ach so", sagte der Bauer und lächelte, „Wagenspuren." Er kicherte, dann musste er husten. „Niemand", keuchte er, „ist da mit dem Wagen hinein, das bildet ihr euch ein. Das sind die Kinder mit ihren Stöcken."

Zofia schüttelte den Kopf. „Dürfen wir bei euch in der Scheune übernachten?"

Eine leichte Brise zog über die Landschaft, Darko spürte salzig-sandigen Sprüh an den Unterschenkeln.

„Dort ist die Industrie gewesen", sagte der Bauer, wiederholte, „die In-dus-trie."

„Wien, war dort die Stadt Wien?", fragte Darko.

„Nein, aber viele Häuser, in denen es kochte und brodelte. Sagt man." Der Mann lachte in sich hinein, dass sich der Brustkorb hob und senkte, bis er husten musste und keuchend weitersprach. „Es waren riesige Küchen." Er zog auf und spuckte einen Batzen auf den Boden. „Riesige Küchen", wieder lachte er. Dann drehte er sich um und ging davon. Die Kinder blieben draußen auf Höhe hundert, liefen herum und wälzten sich im Sand.

Nachdem die Sonne untergegangen war, holte eine Frau alle mit freundlichen Worten ins Haus, bot ihnen Platz um einen großen hölzernen Tisch, rund, mit

Intarsien, selbst gefertigt, wie ein Junge stolz erzählte, oder vielmehr mit nervöser, sich überschlagender Stimme trällerte. Er habe mitgearbeitet. An den Wänden hingen Holzplatten mit Kohlezeichnungen. Der Bauer kam zur Tür herein, trug eine große, dampfende Schüssel, die er auf den Tisch stellte. Darin war Wasser. Er steckte die Hände hinein, in einem weiten Bogen, was Rox gleich als Einladung verstand und es ihm nachtat. Als Darko das angenehm warme Wasser an den Händen spürte, begann sein Magen zu knurren, was dem Bauern auffiel.

„Da ist jemand hungrig", sagte er kichernd. „Die Kinder müssen teilen."

„Nein", sagte Darko, „ich habe den Ausgleich schon hinter mir."

„Nachwehen", meinte Rox und klopfte ihm auf die Schulter, dass Darko errötete.

Alle schüttelten die Hände aus, wie es der Bauer vormachte, und die Wassertropfen rieselten zu Boden.

Die Frau war gesprächiger. Sie erkundigte sich nach dem Herkunftsort der Gruppe. Über die Stadt schien sie viel zu wissen, gab aber nicht preis, ob sie selbst von dort stammte.

„Geht es denn von hier aus weiter, in den Süden?", fragte Zofia.

Der Bauer schwieg, dann überfiel ihn ein asthmatisch hohes Lachen. Er wischte sich eine Träne aus dem Gesicht, nahm ein Tuch aus der Tasche und schnäuzte sich hinein.

„Hier steht ihr an", sagte die Frau.

„Warum, geht es denn nicht weiter?"

„Keine fünf Maitage, nicht zehn würden reichen, um durch die Schneise zu kommen."

Des Bauern Haar war vom vielen Husten und Lachen durcheinandergeworfen. Er schüttelte nur mehr den Kopf, es prustete aus ihm heraus.

„Er muss es wissen", sagte die Frau. „Er hat es versucht."

Der Bauer legte sich die Hand auf den Kopf.

„Einen Vorteil aber hat es schon hier. Das Land ist fruchtbarer als überall sonst", erklärte die Frau.

„Warum nur findet dein Mann das so lustig?", wunderte sich Zofia.

„Er ist nicht mein Mann." Sie lächelte. „Die Kinder sind auch nicht seine, und meine auch nicht. Glaubt ihr, jemand würde freiwillig so viele Kinder bekommen?"

Darko schaute auf die Schar, zwei der Älteren stritten um ein Stück Erdapfel.

„Sie kommen durch den Wald. Sind alle aus der Stadt."

„Warum?"

„Die verfluchten Maitage. Noch nie hat es so viele gegeben, seit ich mich erinnern kann. Wenn der Wind still bleibt, werden sie weggeschickt."

Darko lehnte sich zurück, schaute den Bauern an, der sich langsam beruhigte. Ob Silvia auch geplant hatte, ihn an einem Maitag zu verlassen? Nach der Kälte, den beschwerlichen Märschen über den Harten Rücken, dem ewigen Warten auf den Ausgleich. Vielleicht mochte sie die Vančuras nicht einmal? Oder sie hatte beim Besuch der Oper das Gefühl bekommen, sie gehöre in eine andere Welt. Als er die Kinder essen sah – es war ein gutes Dutzend, ein paar ältere, ein paar jüngere –, war er froher denn je, das alles hinter sich zu haben. Und Silvia schien ihm, betrachtete er Rox, Zofia und Jakob, selbst den spöttischen Bauern und die gastfreundliche Frau, seltsam fremd.

In der Scheune half Darko Rox mit den Strohsäcken, gab ihm einen Schluck von seinem süßlich-scharfen Getränk aus dem Rucksack, bat Jakob um ein Tuch, das er Rox unter die Wunde legen konnte, und all das ließ dieser sogar geschehen. Jakob konnte seine Karten kaum mehr betrachten, so schnell wurde es dunkel. Zwei Tagesmärsche, länger könne es nicht sein, drei vielleicht, vermutete er und raschelte, die Karten fast an der Nase. Doch wo die Schneise genau verlief, ihre Ausdehnung, das wusste niemand.

Vom Umkehren sprach keiner mehr. Rox nahm noch einen kräftigen Schluck, ehe er wegdämmerte. Wenigstens, fand Zofia, könne einen dort draußen nichts treffen. Allein der Sand, meinte Jakob, doch dafür hätten sie die Tücher, und der Bauer und die Frau würden ihnen bestimmt noch welche geben.

Darko schlief zwischen seinen Freunden ein, Rox' strengen Ledergeruch in der Nase, der ihm nun angenehm und vertraut war. Kein Traum schlich sich ein. Vor ihnen lag unüberwindbar die Große Westschneise. Reichte es nicht, sie gesehen zu haben? Weich säuselte der Nachtwind, spielte eine dieser Melodien, die er vom Kerzenmarkt kannte. Zuerst ein Ton, dann ein zweiter, ein dritter, eine ganze Tonleiter. Abrupt riss es ab und ihn aus dem Schlaf. Darko schlich sich hinaus, sah das

Sternenband über seinem Kopf, die vielen Milchspritzer am Himmel. Dort draußen, dachte er, sind die beiden Alten. Es sollte eine Art Gesetz für ihn sein, nahm er sich vor, an sie zu denken, wenn er in den Nachthimmel schaute. Oder hatte sie der Wind mitgerissen? Waren sie an einem stürmischen Tag verbrannt worden und fegten über die Felder und Ebenen, gegen Hausmauern und riesige Bäume? Warfen sie Gewächshäuser in Stücke und rissen Äste herab? Was hatten sie nur für ein schönes Zimmer gehabt, dort oben. Dass der Wind unerträglich sei in den höheren Stockwerken, das sah er als widerlegt an. Wo auch immer diese beiden sein oder nicht sein mochten, er war ihnen dankbar dafür, dass sie ihm zum Ausgleich verholfen hatten, noch bevor sich sein Körper umgestellt hatte. Sie hatten ihn mit ihrem letzten Weg zu einem Erwachsenen gemacht, der als solcher anerkannt wurde.

Darko legte sich in das feine, klebrige Gemisch aus Erde und Sand und überlegte, wie er die drei überzeugen konnte, zurückzukehren im Wissen um diesen weiten, leeren Raum. Mehr musste er nicht wissen. Mehr musste niemand wissen. In der Stadt zu sein, mit den anderen, einfach dahinzuleben. Darin, verstand Darko, lag aller Sinn.